錢本草

〔唐〕張說 著
楚豫亭 注譯

張說文選軼事集

古籍書局
THE ANCIENT WORKS BOOK LIMITED

錢本草

作　　者：（唐）張說 著；楚豫亭 注譯

責任編輯：謙　和

裝幀設計：抱一工作室

出　　版：古籍書局有限公司

香港尖沙咀金巴利道 53 號

E-MAIL：qiandedushu@qq.com

發　　行：香港聯合書刊物流有限公司

香港新界荃灣德士古道 220-248 號荃灣工業中心 16 樓

印　　刷：深圳市精一瑞蘭印刷有限公司

廣東省深圳市龍崗區南嶺龍山工業區 25 號 1-3

版　　次：2025 年 3 月第 1 版第 1 次印刷

定　　價：HK$ 58.00　NT$ 240.00

ISBN 978-988-70850-2-7

Published in Hong Kong,China

導　讀

《錢本草》是唐代名臣張說仿《神農本草經》體式和語調撰成的文章，與三國蜀漢諸葛亮《誡子書》、宋朝呂蒙正《寒窑賦》、明朝張居正《馭人經》合稱爲古代四大「千古奇文」。本文收錄在《全唐文》卷二百二十六。雖然全篇不到二百字，但是張說就把錢的性質、利弊、積散之道描寫得淋漓盡致。可謂是從大處著眼，小處落筆。

張說(677—731)，字道濟(一字說之)，其先范陽人，世居河東，後遷河南，遂爲洛陽人。武后時中賢良方正科第一，授太子教書郎。轉右補闕，參修《三教珠英》，遷右史、內供奉、兼知考功貢舉事，擢拜鳳閣舍人。因觸忤武后，流放欽州。中宗卽位，召拜兵部員外郎，累轉工部侍郎。後爲工部侍郎，俄拜兵部侍郎，加弘文館學士。睿宗時遷中書侍郎，兼雍州長史。同中書門下平章事，監修國史。玄宗卽位，因決策誅太平公主有功，封燕國公，任中書令。後出爲相州刺史，充河北道按察使，坐事左轉岳州刺史。開元九年(721)，拜兵部尙書、同中書門下三品，仍依舊修國史。後遷中書令，授右丞相、尙書左丞相。歷仕武后、中宗、睿宗、玄宗四朝，前後三度任宰相，三作中書令，掌文學之任三十年。因朝廷大述作多出他與許國公蘇頲二人之手，並稱「燕許大手筆」，且又並稱「蘇張」。以至於王世貞《藝苑卮言》說：「開元彩筆，無過燕許。」張說擅長文辭，長於碑文墓志，當代無能及者。詩詞多爲應制之作。但是張說被貶岳州之後，詩風一變，懷人寄言，托物言志，悽婉動人，成爲初唐過渡到盛唐的主要詩人之一。辛文房《唐才子傳》稱其「詩法特妙，晚謫岳陽，詩益悽婉，人謂得江山之助」。屠隆《唐詩類苑序》亦稱「燕公流播，其詩悽婉」。

卒年六十四，贈太師，謚曰文貞。有文集三十卷。

張說在政治上不僅地位顯赫，是一位跨越武后時代與玄宗時代兩大歷史階段的典型人物；而且在文壇上，被視爲「大手筆」，爲一時的文壇領袖，是入唐以來此前詩人存世作品數量最多的。《張說之文集》三十卷中，存詩十卷共三百五十餘首。《全唐詩》收錄有三百五十二首(實際三百四十二首)，《全唐文》收錄十四卷共二百一十題、二百四十三篇作品。

相傳，張說爲官時貪財好物，斂財好利，排除異己，後來遭貶而三起三落。之後痛定思痛，總結人生所經閱歷，苦心孤詣，撰成《錢本草》。在此文中，張說以錢喻藥，以藥喻錢，頗富哲理，寓教之義明顯深刻，滲透了他深思熟慮的理性批判和切實眞率的人生體驗。要明白的是，張說對金錢既不是全盤否定，也沒有將其視爲自身的對立物，而是採取一種謹愼的態度。總的來說，本文的目的在於給人以深刻的警示和告誡，堪稱醒世恆言。如今物慾橫流，掙錢成了一門人人必學的學問，但是要眞眞正正地去弄懂錢的本義、應用錢的本質，獲取錢財講「道、德、仁、義、禮、智、信」，才是本文所要傳達的預期效果。錢不分好壞善惡，可以像草藥一樣「治病」，也可以像毒藥一樣「致病」，全取決於人的運用之間。「治病」「致病」兩個詞語雖然讀音相似，但是實際上所含括的意思卻差之千里。其實在最終目的上，張說實際上告誡人們不要爲錢所病，不要遭金錢所害，實開了一副人人所需的「人生良方」。

錢能通神，在古代錢幾乎成爲整個社會的唯一通行證，芸芸衆生的唯一主打歌。錢字，始見於春秋戰國，左邊爲金，表示與金屬相關；右邊爲戔，表音。歷史上，撰寫關於錢的詩文很多，其中著名有西晉隱士魯褒所寫的譏諷金錢崇拜而憤世嫉俗的《錢神論》；清代袁枚《詠錢》六首，其中「人生薪水尋常事，動輒煩君我亦愁。解用何嘗非俊物，不談未必定清流」最爲著名。此外南朝宋劉義慶《幽明錄·新鬼》，則演變出後世俗語「有錢能使鬼推磨」。

關於錢的利害(或者說利弊)，南宋李之彥曾在

《東谷所見》中說：「『半輪殘月掩塵埃，依稀猶見開元字。想見清光未破時，買盡人間不平事。』古人詠錢如此。以余觀之，錢之爲錢，人所共愛，勢所必爭。骨肉親知以之而構怨稔釁，公卿大夫以之而敗名喪節，勞商遠賈以之而捐軀殞命，市井交易以之而鬥毆戮辱。乍來乍去，倏貧倏富，其籠絡乎一世者，大抵福於人少而禍於人多。嘗熟視其形模，金旁著兩戈字，眞殺人之物，而世人莫之悟也。吁，錢乎錢乎！以我之貧，求汝活我而不可得，我固無奈汝何；以我之不貪，汝欲殺我而不可得，汝亦無奈我何。」正好與《錢本草》互爲表裏，發人深省，使人警醒，讓人深刻認識到錢的本質。

對於《錢本草》的眞僞，清錢大昕雖然認爲：「此好事者所爲，託之燕公，卽樊厚、荔菲彬亦恐子虛亡是之流。」但是依舊認爲：「其言足以醒世。」而錢鍾書則認爲：「蓋唐人遊戲文章有此一體，後世祖構如《羅湖野錄》卷四慧日雅禪師《禪本草》、董說《豐草庵前集》卷三《夢本草》、張潮《檀儿叢書·書本草》，其嵩令者也。」作爲短文中的短文，奇文中的奇文，該文把錢的利弊刻畫得入木三分，標本互喻，淺深相濟，深有寓意。

其實，在醫藥相關的藥名、方名、書名中，亦有很多如「金不換」「不換金」「千金」等名，向人們說明「錢不是萬能的」，應當理性看待錢，合理用錢。此外，雖說《錢本草》所描寫的錢的特性和功效是虛構，但是明代李時珍在《本草綱目·金石部》中認爲求財祈福的錢幣有「翳障，明目，療風赤眼」之效。

同時，爲了讓讀者從多角度瞭解張說，於是本書附有《張說文選》《舊唐書·張說傳》《張說軼事選》《故開府儀同三司行尚書左丞相燕國公贈太師張公墓志銘(幷序)》《錢本草石碣出土》《唐錢本草跋語》等。

爲了更深入了解張說的「大手筆」，編者於是從《全唐文》挑選了張說九篇文章，題爲「張說文選」，並用漢字數字爲這些文章標上順序，作爲附錄一，依次具體如下：《進嶲州鬥羊表》借向唐玄宗進獻鬥羊來勸勿向吐蕃用兵太過而以申諷喻之意。行文一氣呵成，不乏剛健之氣。《舉陳寡尤等表》和《舉陳光乘等表》。一薦文士，一舉武將。後一篇文筆更可稱道。該篇排比句連綴，句式整齊，富於節奏，語言更明白如話，自然曉暢。《兵部尚書代國公贈少保郭公行狀》一篇敘寫郭元震的傳奇人生，三個特點十分突出：其一，是人物形象。其二，注重細節描寫。其三，史傳散文的文體特徵。《大唐封祀壇頌》，描繪出開元盛世的眞實寫照，爲張說「大手筆」的具體體現。《與鳳閣舍人書》一篇頗以奇美見長，爲上佳之作。這實際是一封干謁之書，作者虛構出飛英子、靈風子兩個形象，以主客問答的形式申其希求汲引、欲建功業的理想抱負。《與褚先生書》《吊陳司馬書》二篇最能以情動人。前篇爲表達對好友的思念之情及自身遠戍邊地、文事生疏的無奈與感傷之作。後篇系傷悼流放嶺外時爲張說提供庇護的恩人之作。

此外，還依次附錄《舊唐書·張說傳》，並對其進行簡單分段和白話文翻譯，作爲附錄二。《張說軼事選》則是從各書之中挑選出關於張說的事跡編輯而成，用漢字數字爲這些文章標上順序，並對其進行簡單分段和白話文翻譯，作爲附錄三。《故開府儀同三司行尚書左丞相燕國公贈太師張公墓志銘並序》爲唐玄宗朝名臣張九齡所寫，作爲附錄四。《錢本草石碣出土》《唐錢本草跋語》分別由清人宋犖、趙紹祖所寫，意在表明《錢本草》出處和流傳，分別作爲附錄五、附錄六。

由於水準所限，難免存在不妥之處，懇請廣大讀者批評指正。

目 錄

錢本草

錢，味甘[1]，大熱[2]，有毒[3]。

偏能駐顏，采澤流潤，善療饑寒，解困厄之患立驗。能利邦國，汙賢達，畏清廉。貪者服之，以均平爲良；如不均平，則冷熱相激，令人霍亂。

其藥采無時，采之非禮則傷神。此既流行，能召神靈，通鬼氣。如積而不散，則有水火盜賊之災生；如散而不積，則有饑寒困厄之患至。

一積一散謂之道，不以爲珍謂之德，取與合宜謂之義，無求非分謂之禮，博施濟衆謂之仁，出不失期謂之信，入不妨己謂之智。

以此七術精煉，方可久而服之，令人長壽。若服之非理，則弱志傷神，切須忌之。（《全唐文》卷二百二十六。）

【注釋】①甘：中藥五味之一。在中醫理論裏，中藥分為五味，包括甘、辛、苦、鹹、酸。味甘的中藥是具有一定滋補作用的。

②熱：中藥四性之一。中藥四性(又稱四氣)，指寒、涼、溫、熱四種藥性。此外還有寒熱偏向不明顯、藥性平和、作用較緩的平性藥。

③有毒：中藥有無毒、有毒之分。《類經》云：「藥以治病，因毒為能，所謂毒藥，是以氣味之有偏也。」

【譯文】錢（這味藥物），味道甘甜，屬性熱烈，帶有毒性。

它能美容養顏，滋潤生活，擅長治癒饑餓

寒冷，迅速解除困境。於國家而言是有利，卻易玷污賢達之人（的清名），畏懼清廉之人（的威名）。貪婪之人若服用它，應以適量服用為準則；若過量服用，則會冷熱相沖，令人產生一種急性腹瀉性傳染病的霍亂之病。

這種藥物採取時沒有固定時機，但若獲取方式不合禮法，過度采摘，則會損傷精神。這種藥物一旦流通開來，便能招致神靈，溝通陰間。若只積累而不分散，則可能引發水火之災或盜賊之患；若只分散而不積累，則可能陷入饑餓困頓。

積累與分散的平衡才是道，不將其視為珍寶是德，取予得當是義，不貪非分之財是禮，廣泛施捨幫助他人是仁，出言必行是信，獲取時不損己利是智。

只有經過上述七種方法精煉該物，才能長久而服用它，這樣使人長壽。若不合理服用，則會削弱意志，損傷精神，務必警惕。

【解讀】《錢本草》以極為精煉且富有哲理的方式，從多個角度和層面深入探討了「錢」（貨幣或財富）的性質、作用、影響以及正確的管理之道。

全篇不到二百字，開篇點明錢的屬性（亦稱錢的多重性質）：「味甘，大熱，有毒。」將錢比作藥物，味道甘甜但藥性大熱且帶有毒性，暗示財富雖誘人，但過度追求或不當使用會帶來危害。

其功效與作用（錢的社會功能）有三大點：其一、「偏能駐顏，采澤流潤」：錢能使人容光煥發，生活滋潤。其二、「善療饑寒，解困厄之患立驗」：錢能迅速解決饑餓寒冷和困境。其三、「能利邦國」：對國家而言，錢能促進經濟發展，增強國力。

從社會影響(錢的兩面性)角度來看,也有兩大點:其一、「汙賢達,畏清廉」:錢能玷污賢達之士,但清廉之人不為所動。其二、「貪者服之,以均平為良;如不均平,則冷熱相激,令人霍亂」:貪婪之人獲取和使用錢時,應以適量為原則,否則會因內心矛盾而導致混亂。

錢財獲取與使用時機:「其藥采無時,采之非禮則傷神」:錢的獲取不應違背道德原則,否則將損害精神。

錢具有神秘屬性:「此既流行,能召神靈,通鬼氣」:錢作為一種流通媒介,具有某種神秘的力量,能連接不同世界。西晉隱士魯褒就寫有《錢神論》,主要描寫錢的神通廣大和無孔不入,寫了錢在某些人心目中的神聖形象。以及南朝宋劉義慶《幽明錄·新鬼》描寫了「有錢能使鬼推磨」的滑稽故事。

錢財的積與散關係：一、「如積而不散，則有水火盜賊之災生」：過度積累財富而不散財，可能引發災禍。二、「如散而不積，則有饑寒困厄之患至」：只散不積，則可能陷入貧困。

所以提供了七種財富管理方法：

一、一積一散謂之道：財富的積累與分散應平衡，過度積累易招災，過度分散則生活困頓。

二、不以為珍謂之德：淡泊名利，視財富為身外之物，是德行的體現。

三、取與合宜謂之義：獲取和給予都應合理合法，遵循道義。

四、無求非分謂之禮：不追求非分之財，是禮儀的表現。

五、博施濟眾謂之仁：樂於助人，廣施善行，是仁愛的體現。

六、出不失期謂之信：言出必行，守時守信，是誠信的體現。

七、入不妨己謂之智：獲取財富時不損害自己和他人的利益，是智慧的體現。

最終提出警告：「若服之非理，則弱志傷神，切須忌之」：若不合理使用財富，將削弱意志，損害精神，必須警惕。

以上，本文深刻揭示了錢的多重性質和影響，強調了財富管理的重要性以及正確管理財富所應遵循的原則和道德標準。錢，可以「治病」，也可以「致病」。它告誡人們，財富雖好，但應理性對待，遵循道義，方能長久受益，避免災禍。同時，它也強調了個人德行、誠信、智慧和仁愛等品質的重要性。告誡人們要理性對待財富，遵循道義原則，以平衡、智慧和仁愛的態度來管理財富，從而實現個人的健康長壽和社會的和諧繁榮。

附錄一：張說文選

一、進巂州鬥羊表

臣說言：臣聞勇士冠雞，武夫戴鶡，推情舉類，獲此鬥羊。遠生越巂，蓄性剛決，敵不避強，戰不顧死，雖爲微物，志不可挫。伏惟陛下選良家於六郡，求猛士於四方，鳥無遁材，獸不藏伎，如蒙效奇靈圃，角力天場，卻鼓怒以作氣，前躑躅以奮擊。趹若若奔雲之交觸，碎若轉石之相叩，裂骨賭勝，濺血爭雄，敢毅見而衝冠，鷙狠聞而擊節，冀將少助明主市駿骨、揖怒蛙之意也。若使羊能言，必將曰：「苦鬥不解，立有死者，所賴至仁無殘，量力取勸焉。」臣緣損足，未堪履地，謹遣男駙馬都尉垍謹詣金明門陳進。

輕冒宸嚴，伏深戰越。謹言。

【譯文】臣張說啟稟：臣聽聞勇士戴雞冠，武夫飾以鶡羽，以此類推，今得此鬥羊。此羊生於邊遠之地越嶲，天性剛烈果決，面對強敵不退縮，作戰時不顧生死。雖是弱小之物，但其鬥志不可挫敗。陛下廣選六郡良家子弟，尋求四方勇猛之士，無論飛鳥走獸，皆無遺漏之才技。如蒙允許，臣願以此羊效命於皇家靈囿，在天場一展其力，鼓足勇氣，奮勇向前。其奔跑如烏雲碰撞，交鋒似轉石相擊，裂骨爭勝，濺血奪魁。其勇猛剛毅，令人怒髮衝冠；其倨傲狠戾之態，聞者拍案叫絕。臣此舉，意在稍助陛下如市駿骨、禮怒蛙般的求賢之心。若羊能言，必將說：「激戰不息，必有死傷，所幸陛下仁慈不嗜殺，願量力而行，以鬥志取勝。」臣因足傷未愈，難以行走，特遣兒子駙馬都尉張垍恭至金明門呈獻此羊。臣冒昧陳奏，內心惶恐不已。謹奏。

二、舉陳寡尤等表

文林郎陳寡尤，年六十四。貫滄州。

右出身四十餘年，懷道抱德，博涉經史，白首幽棲，不求聞達。堪激勵化俗，處諫諍之官。

幽州節度使參謀劉待授，年六十四。貫京兆府。

右懷德退靜，立操端確，精通術數，堪備顧問。

四品于悉，年三十二。貫京兆府。

右志定神和，學精文遠，達皇王正道，通古今大義，堪拾遺左右。以前幽州都督、兼節度管內諸軍經略大使，攝御史大夫、燕國公張說奏稱：臣身任邊城，心在庭闕，報國之志，莫若進賢。

敕旨：陳寡尤等三人，宜並追取，試練考覆。

臣說言：知賢不達，謂之竊位；聞賢而拒，是乃蔽君。竊位冒也，蔽君奸也，有奸與冒，何以事君？臣前歲入朝，特蒙顧問，聖情側席，懼有遺賢，臣以寡尤三人上聞天聽，中書宣旨取考覆，吏部寫敕，宣下文書，三載於今，一人不至。夫輕進者是干祿之人，靜退者是養高之士，天下廉讓之風未長，趨競之俗未懲，若令所司引試，招其隱逸，士寧伏死岩穴，焉肯拜侍郎之庭哉？徒有薦賢之名，竟無進賢之實，非朝廷禮賢之道，豈陛下求賢之心？近因奏謁，具承天旨，請敕州縣各以禮徵，至京之日，中書引見，然後付與宰臣，請言探賾，必有可采，置彼周行，如當謬薦，罪臣所舉。謹錄前舉狀本如前。

【譯文】文林郎陳寡尤，現年六十四歲（籍貫滄州）。

此人四十餘年來，心懷道義，品德高尚，廣泛涉獵經史典籍，雖年歲已高，隱居山林，卻從不追求名聲與顯達。他適合擔任能夠激勵人心、改善風俗，以及負責規諫的官職。

幽州節度使參謀劉待授，現年六十四歲（籍

貫京兆府）。

此人懷抱德行，退隱靜處，操守端正明確，精通術數之學，堪為皇帝的顧問之選。

四品官員于悉，現年三十二歲（籍貫京兆府）。

此人神志堅定，性情平和，學識淵博，文章深遠，通達皇家的正道，明瞭古今的大義，適合擔任拾遺、侍從的官職。此前，幽州都督、兼節度管內諸軍經略大使，攝御史大夫、燕國公張説上奏稱：臣雖身在邊城，但心系朝廷，報效國家的最好方式莫過於舉薦賢才。

皇帝命令：陳寡尤等三人，應一併徵召，進行考試審核。

臣張説進言：知曉賢才卻不予舉薦，是竊據官位；聽聞賢才卻拒絕接納，則是蒙蔽君主。竊據官位是冒進，蒙蔽君主是奸邪，有了奸邪與冒進，又怎能侍奉君主呢？臣前年入朝，特地受到皇帝詢問，聖上求賢若渴，擔心遺漏賢才。於是，臣將陳寡尤等三人舉薦給朝廷，中書省宣佈旨意進行考試審核，吏部頒發命令，並下文通知。但時至今日，已三年過去，其中一人仍未到京。那些輕率求進的人是謀求官職之徒，而淡泊退隱的人則是養高之士。如今，天下的廉讓之風尚未興起，趨炎附勢的習俗也未受到懲戒。如果讓有關部門進行考試選拔，招攬隱逸之士，那麼他們寧願死在岩穴之中，又豈肯跪拜在侍郎的廳堂之上呢？這樣做，雖有薦賢之名，卻無進賢之實，既不合朝廷禮賢之道，也非陛下求賢之心。近來，臣因奏事謁見，詳細領受了天子的旨意，請求命令各州縣以禮徵召他們。待他們到達京城之日，由中書省引見，然後再交付給宰相大臣。請他們發表見解，探討深奧的道理，必定有所收穫。將他們安置在朝廷的行列之中，如果我有謬薦之處，甘願承擔所舉之責。現將此前舉薦的狀本如實記錄如上。

三、舉陳光乘等表

開元九年正月日，洛州臨武縣主簿陳光乘、攝監察御史，在河北。夔州歸州鎮將勤思齊、見在桂州。前申州參軍戴師倩。遭憂在都。

敕：戴師倩、勤思齊，或身自有犯，或逆人緣坐，未可擢用，亦不須追以前狀。

准七月二十二日制，內外文武職事五品以上官，有奇材異略堪任將帥者，封狀進內。陛下垂心萬機，親擇將帥，欲大頓天綱，收羅雲逸。今者塞北有屈強之胡，漢南屯不羈之馬，使邊郡憂患，朝廷旰食，此天下士君子饑待虜饁，渴待虜血，決命於匈奴之時也。臣所舉前件三人，光乘積學而善謀，求之古人，吳起、韓信敵也；師倩沉勇而能斷，求之古人，彭越、吳漢類也；思齊忠壯而異材，求之古人，張飛、許褚等也：皆懷道藏器，仰望明時，羞自媒衒，莫能上達。臣聞拔人於死者，必捨生而報恩；榮人於辱者，必盡節而雪恥。至如師倩、思齊，亦嘗生竄死地，其爲屈辱甚矣，如蒙拯將墜之命，起已廢之魂，一言所及，百年可盡，凡情尚知此，況感激之人哉？陛下發使召之，旬月可到，試以軍事，必立奇功。若不如所言，請受面欺之罪。（以上皆《全唐文》卷二百二十三。）

【譯文】開元九年正月某日，洛州臨武縣主簿陳光乘（現為攝監察御史，在河北）、夔州歸州鎮將勤思齊（目前在桂州）、前申州參軍戴師倩（因遭喪事在京城）。

皇帝命令：戴師倩、勤思齊，或因自身有過錯，或因受逆黨牽連，目前不可提拔任用，也不需再追查他們以前的狀紙。

根據七月二十二日的制令，朝廷內外文武官員中，五品以上者，如有奇才異略，適合擔任將帥的，需呈上封狀舉薦入內。陛下日理萬機，親自選拔將帥，意在整頓朝綱，廣納天下英才。如今塞北有強橫的胡人，漢南又有不受管束的各族，使得邊境郡縣憂慮重重，朝廷也因此廢寢忘食。這正是天下士君子渴望建功立業、報效國家、討伐匈奴的時候。臣所舉薦的前述三人中，陳光乘學識淵博且善於謀略，與古人相比，可媲美戰國吳起、漢初韓信；戴師倩沉著勇敢且能果斷決策，與古人相比，類似漢初彭越、東漢吳漢；勤思齊忠誠勇猛且才能出眾，與古人相比，如同蜀漢張飛、曹魏許褚等人。他們都心懷道義、深藏不露，渴望在明君治世中施展才華，但羞於自我吹噓，難以得到朝廷的賞識。臣聽說，從死亡邊緣拯救出來的人，必定會以生命來報答恩情；使受辱之人重獲榮耀的人，必定會竭盡忠誠來洗雪恥辱。至於戴師倩和勤思齊，他們也曾身處絕境、飽受屈辱。如果能得到陛下拯救垂危之命、重振已廢之魂的恩典，他們必會銘記在心，傾盡一生來報答。凡人尚且知道感恩戴德，更何況是這些滿懷感激的人呢？陛下若派遣使者前去召見他們，他們定會在旬月之內到達。若對他們進行軍事考核，他們必定會立下奇功。如果他們的表現不如臣所説，臣願意接受欺君之罪。

四、與褚先生書

說拜白：薊北餘沍，關西早春，物候所宜，年來共感。惟先生進經玉殿，退食金門，黼藻玄猷，榮問淸暢，甚善。說往陪君子，視學瑤山，中貽官謗，謫居湘浦。賴聖主識其面目，憐其宿心，舍衆口之無稽，容庇身之有地。自授軍鎭，躬當夷狄，出入以馳突爲群，坐卧以戈劍爲友，翰墨都廢，典籍生塵。時憑夢魂，一見宮闕，每憶朝侶，邈若雲天。愧乏武才，供國鸁使，豈望立明主之側，陳先王之道哉?

說與先生，事願乖矣，曩喜同席，今嗟異鄉，遐路三千，曷其言會?強飯安步，爲国師臣，時流德音，以惠疆埸。張說再拜。

【譯文】張説拜啟：薊北之地餘寒未消，關西地區卻已迎來早春，物候在各地不同，每年此時總能引起共鳴。先生您在玉殿上講經論道，退朝後在金門用餐，您的言辭如錦繡般華美，為朝廷增光添彩，真是令人欽佩。往昔，我曾有幸陪伴在君子左右，一同在瑤山講學，卻不料中途遭遇官場的詆毀，被貶到湘水之畔任職。幸虧聖明的君主能夠識破謠言，體諒我的初心，不顧那些無端的指責，讓我有了安身立命之所。自那以後，我被授予軍職，親自面對邊地各族，出入之間以馳騁突擊為伴，坐臥之時則以戈劍為友，筆墨之事早已荒廢，典籍之上也積滿了灰塵。時常在夢中回到朝廷，見到那巍峨的宮殿，每當想起昔日的同僚，便覺得他們彷彿遠在雲天之外。我慚愧自己沒有武略之才，只能勉強為國效力，又怎能奢望站在明君身邊，陳述先王的治國之道呢？我與先生之間，理想與現實早已背離。往昔我們同席共飲，如今卻只能感歎身處異鄉。路途遙遠，三千里之遙，我們何時才能再次相見呢？願您保重身體，穩步前行，繼續作為國家的棟樑之臣，時常傳播美德之聲，以惠及國家邊疆。張說再拜。

五、與鳳閣舍人書

范陽張說謹上鳳閣舍人公足下：竊聞高義遠矣，願托下風久之，自非氣以同求，音爲賞奉，降此已往，復何云云？昔有飛英子處於深林，俘轉溝壑；適遇靈風子出於大塊，將獵雲霄。飛英子思欲遊焉，揚袂大呼，請俱載矣。靈風子不知其人也，怒氣�N，叱而還之。飛英子曰:「吁!子非至公也。夫至公也者,以義而求之,以仁而與之,況乃假有餘之資,濟無階之望,施不費之惠,振將墜之魂。子不濫吹,我無苟進,此種德也,夫何拒焉?」靈風子曰:「請受教。」遂相與翻飛而行,摶扶而上,經乎綺閣,集乎瑤臺,籛芳萬里,騰景千仞。既而靈風子卒無德色,飛英子亦無私心。今明公據清風之資,令賢者獲飛英之托,此至公也,得無嫌揚袂之謅,懷怒氣之疑乎?且夫論美聲者,不於清湃之室;議絕足者,不於王良之門。今束蘊知歸,彈冠且衆,若公固讓而不然之,彼亦將倚輈於遠方,□□於天下矣。輕重十倍,去留一言,惟君處之。張説再拜。

【譯文】范陽張説謹向鳳閣舍人某公足下敬上:我私下裏聽聞您的高尚品德已遠播四方,內心早已渴望能夠依附於您的風采之下。若非志同道合,聲音相投,恐怕也難以得到您的賞識與接納。除了這些，還能說什麼呢？從前，有位飛英子隱居在深山之中，不幸落入困境，如同被遺棄在溝壑之中；恰好此時，靈風子從廣闊天地中走來，準備翱翔於雲霄之間。飛英子心生嚮往，揚起衣袖大聲呼喊，請求靈風子帶他一同飛翔。然而，靈風子並不認識他，怒目而視，呵斥他回去。飛英子說：「唉！您並非真正的至公之人啊。真正的至公，是以道義去尋求，以仁愛去給予，更何況是借助您多餘的資源，來滿足我無望的期望，施予不費力氣的恩惠，拯救即將墜落的我。您不妨聽聽我的請求，我並非苟且求進，這是積德之舉，為何要拒絕呢？」靈風子聽後說：「請接受我的指教。」於是，他們一同飛翔，搏擊長空，穿越綺麗的樓閣，棲息在瑤臺之上，播撒芬芳於萬裏之外，騰躍於千仞之高。之後，靈風子沒有絲毫得意之色，飛英子也沒有任何私心雜念。如今，您擁有清風般的資質，讓賢者得以像飛英子那樣得到您的提攜，這正是至公的表現。難道您會嫌棄我如同飛英子般揚袖請求的姿態，或對我懷有怒氣的疑慮嗎？況且，談論美妙的聲譽，不在狹小的房間；評價卓越的駿馬，不在善於駕車的王良之門。現在，我已準備好束帛以求歸附，願意追隨的人也已眾多。如果您堅持謙讓而不肯接納，他們也將遠走他鄉，（原文缺少文字）於天下。輕重之分在於十倍之差，去留之決只在於您的一句話。如何處置，唯願您審慎考慮。張説再拜。

六、吊陳司馬書

正月癸卯，孤子范陽張說，頓首頓首，陳君之靈：頃伏苫蓋，遠辱慰疏，執對號慟，次於展洩。來使未還，傳君遇禍，盡哀寢外，傷心痛骨。明府兄毓德南邦，飛聲中夏，急人之急，憂人之憂，勇於履危，果於從政。入使天闕，有專對之美；按俗交州，見澄清之節：故得振衣衡管，割錦閩鄉。越嶂舊風。人狃輕剽，捩之以淳俗，格之以華章，矯枉過中，斯害也已。齒由剛折，膏爲明銷，嗚呼陳君，婞直而殞，皇天輔德，問之何故?疇昔炎海，契闊周旋，義則友朋，恩結兄弟。方期歲暮，燁燁相榮，玄髮未華，何圖零落?山濤猶在，嵇紹不孤，逝者有知，當昭是意。今返防關，力報前書，幽明雖異，交友無改。悲言下筆，涕泗從之，並往千錢，俾陳奠酹，歔欷萬里，哀哉奈何，頓首再拜。（以上皆同上卷二百二十四。）

【譯文】景龍某年正月癸卯（一作癸亥）日，孤子范陽張説，叩首再叩首，向陳君之靈位陳詞：不久前，我身披粗麻孝服，心懷悲痛，遠道而來的慰問雖未能親自接見，但我已經通過使者得知您的噩耗，悲痛欲絕，只能在寢室外哀哭，心痛如絞。您的兄長在南邦培育美德，名聲遠播中原。他急人所急，憂人所憂，勇於面對危險，果斷從政。他曾作為使者出使朝廷，展現出卓越的外交才能；在交州治理地方時，又展現了清廉正直的節操。因此，他能夠在衡州、閩州等地施展才華，如同振衣高飛，割錦般展現智慧。在越地，那裏的風俗曾經輕浮剽悍，是您用淳樸的風俗去引導，用華美的文章去教化，糾正了過度的偏差，使得社會歸於和諧。然而，您的牙齒因剛硬而折斷，才華如膏脂般因明亮而消逝。

唉，陳君啊，您剛直不屈卻不幸隕落，上天本應輔助有德之人，為何會有這樣的結局呢？回想過去，我們在炎熱的海邊相遇，彼此相知相惜，情同手足。我們曾期待在年末相聚，共用榮耀，但您的黑髮尚未斑白，卻為何如此早逝？雖然山濤仍在，但延祖並不孤單，因為他們的精神永存。如果逝者有知，一定會明白我此刻的心意。如今，我即將返回邊關，特此回信，以表達我對您的哀思。雖然生死相隔，但我們的友情永不改變。我悲痛地寫下這些言辭，淚水不禁滑落。隨信附上千錢，以供您在天之靈享用奠祭。我遠在萬里之外，心中感慨不已，悲痛萬分，無奈之至。叩首再拜。

七、大唐封禮壇頌

皇帝六葉，開元神武皇帝再受命，致太平，乃封岱宗，禪社首，鑿石紀號，天文煥發，儒臣志美，立碣祠壇。曰：

【譯文】大唐歷經六帝，開元神武皇帝再次承接天命，達到太平之世，於是決定封禪泰山，祭祀社首山，鑿刻石碑紀年盛事，上天煥發異彩，儒臣彰顯美事，樹立石碑建造祠壇。如下：

厥初生人，俶有君臣。其道茫昧，其風樸略。因時而欻起，與運而紛落，泯泯沒沒，無聞焉爾。後代聖人，取法象，立名位，衣裳以等之，甲兵以怛之，於是禮樂出而書記存焉。反其源，致敬乎天地；報其本，致美乎鬼神：則封禪者，帝王受天命告成功之爲也。閱曩聖之奧訓，考列辟之通術，疇若天而不成，曷背道而靡失？由此推之，封禪之義有三，帝王之略有七。七者何，傳不云乎，道、德、仁、義、禮、智、信乎？順之稱聖哲，逆之號狂悖。三者何？一位當五行圖籙之序；二時會四海昇平之運；三德具欽明文思之美：是謂與天合符，名不死矣。有一不足，而云封禪，人且未許，其如天何？

【譯文】遠古之初人類誕生，隨之有了君臣之分。那時的道理模糊不清，風氣質樸粗獷。它們隨著時勢突然興起，又隨著運數紛亂消逝，默默無聞，無跡可尋。後來的聖人，通過觀察自然法則，確立了名位等級，用衣裳來區分身份，用甲兵來威震四方，於是禮樂制度出現而典籍記載得以保存。追溯其根源，是對天地的敬畏；回報其本源，是對鬼神的尊崇：所謂封禪，就是帝王接受天命並宣告成功的行為。回顧往昔聖人的深奧教誨，考察歷代帝王的通行法則，哪一個不是順應天命而成功，又怎會違背道義而失敗？由此推斷，封禪的意義有三，帝王治國大略也有七項。這七項是什麼？不就是經傳所說的道、德、仁、義、禮、智、信嗎？遵循這些就是聖哲，違背這些就是狂悖。那三項又是什麼？一是符合五行圖籙的次序；二是恰逢四海升平的運道；三是具備欽明文思的美德。這就是與天相合，名垂不朽。如果有一項不足，卻說要封禪，人們尚且不會認可，更何況上天呢？

言舊史者，君莫道於陶唐、虞舜，臣莫德於臯陶、稷、契，三臣備德，皆有天下。仲尼敍帝王之書，繫魯秦之誓，明魯祀周公用王禮，秦承伯益接周統：孔聖微旨，不其效歟?然秦定天下之功高，享天祿之日淺，天而未忘庭堅之德也，故大命復集於皇家。天之贊唐，不惟舊矣，其興之也。玄靈啓迪，黃祇顧懷，應歸運之義舉，撫來蘇以利見，濩也無放夏之慚，武也無伐殷之戰。高祖創業，四宗重光，有德格天漏泉，蒸雲濡露，菌蠢滋育，氤氳涵煦，若天地之覆載，日月之照臨，溥有形而希景，罄無外而宅心，百有八年於茲矣。

【譯文】談及古代歷史，為君之道莫過於陶唐、虞舜，為臣之德莫過於咎陶、後稷、契，這三位大臣都具備美德，都曾擁有天下。孔子敘述帝王的事蹟，記錄魯秦的誓約，闡明魯國祭祀周公使用天子之禮，秦國繼承伯益來接續周朝的統緒：孔子的微妙旨意，不正是如此嗎？然而秦國平定天下的功勞雖大，享受天命的時間卻短，上天並未忘記庭堅的德行，所以大命又歸於皇家。上天輔佐唐朝，不僅是因為舊有的恩德，更是為了興盛它。玄靈啟迪，黃祇眷顧，順應天命而舉行封禪大典，安撫百姓以展現祥瑞。既無放逐夏桀的慚愧，也無討伐殷商的戰爭。高祖創立基業，四位先皇承繼前業，以德行感動上天，如同甘霖滋潤，雲霧潤澤，萬物滋生，如同天地覆蓋，日月照耀，遍及萬物，包容一切，至今已有一百零八年了。

皇帝攘內難而啓新命，戴睿宗而纘舊服，宇宙更闢，朝廷始位。蓋羲、軒氏之造皇圖也。九族敦序，百姓昭明，萬邦咸和，黎人於變，立土圭以步曆，单銅渾以正天。蓋唐、虞氏之張帝道也，天地四時，六官著禮，井田三壤，五圻成賦，廣九廟以尊祖，定六律以和神。蓋三代之設王制也。武緯之，文經之，聖謨之，神化之，然猶戰戰兢兢，日慎一日，納規誨以進德，遂忠良以代工，講習乎無爲之書，討論乎集賢之殿；寵勇爵，貴經門，翼乎鵷鸞之列在庭，毅乎貔貅之師居鄙，人和傍感，神寶沓至，乾符坤珍。千品萬類，超圖溢牒，未始聞記。

【譯文】皇帝平息內亂，開啟新命，尊奉睿宗，繼承舊業，宇宙重新開闢，朝廷開始確立地位。這就像是伏羲、軒轅氏開創皇圖霸業一樣。九族和睦有序，百姓明白事理，萬邦和諧共處，百姓安居樂業。他們設立土圭來測定曆法，改革銅渾儀來校正天文。這就像是唐堯、虞舜氏張揚帝道一樣，順應天地四時，六官制定禮儀，實行井田制，劃分五等封地來徵收賦稅，擴建九廟來尊崇祖先，制定六律來和諧神靈。這就像是夏商周三代設立王制一樣。以武力維繫，以文德治理，以聖謨教導，以神化影響，然而仍然戰戰兢兢，日復一日地謹慎行事，接納規勸教誨來提升德行，任用忠良來替代自己處理政務；在集賢殿裏講習無為而治的書籍，討論治國之道；寵愛勇武之士，重視經學之門，朝廷中如鸞鳳般賢良之臣位列朝堂，如貔貅般勇猛之師守衛邊疆；人心和順，感召神靈，珍寶接連不斷，天地間的珍寶，種類繁多，超出圖籍記載，前所未聞。

我后以人瑞爲心，初不以物瑞爲異。王公卿士，儼然進曰：「休哉陛下！孝至於天，政合乎道。前年祈后土，人獲大穰；間歲祀圓丘，日不奄朔。感祥以祈聖，因事以觀天，天人交合，其則不遠。」意者喬岳掃路，望華翠之來，上帝儲恩，俟蒼璧之禮久矣，焉可專讓而廢舊勳？群臣固言，勤帝知罪，至於再，至於三，帝乃挹之曰：「欽崇天道，俯率嘉話，恐德不類，敢憚於勤？其撰巡狩之儀，求封禪之故。」

【譯文】我朝皇帝以人瑞為心，從不以物瑞為異。王公卿士恭敬地進言說：「陛下真是聖明啊！孝心感動天地，政令合乎道義。前年祭祀后土，百姓獲得大豐收；隔年祭祀圓丘，日食沒有遮蔽日光。感應吉祥以祈求聖明，借祭祀之事以觀察天意，天人合一，這樣的法則已經不遠了。」想來那高大的山嶽已經清掃道路，盼望著華麗翠綠的到來，上帝積蓄恩德，等待舉行封禪大典已經很久了，怎能專讓給他人而廢棄過去的功勳呢？羣臣一再堅持，懇請皇帝同意，以至於再三請求，皇帝才謙遜地說：「我敬畏天道，遵循美好的言辭，恐怕自己的德行不夠，怎敢畏懼勤勞？你們就撰寫巡狩的禮儀，探尋封禪的舊事吧。」

既而禮官不戒而備，軍政不謀而輯，天姥練日，雨師灑道，六甲按隊，八陣警蹕。孟冬仲旬，乘輿乃出，千旗雲引，萬戟林行，霍濩燐爛，飛焰揚精，原野爲之震動，草木爲之風生。歷郡縣，省謠俗，問百年，舉百祀，興墜典，葺闕政，攸徂之人，室家相應，萬方縱觀，千里如堵，城邑連歡，丘陵聚舞。其中垂白之老，樂過以泣，不圖《蒿里》之魂，復見乾封之事。堯雲往，舜日還，神華靈鬱，爛漫乎穹壤之間。

【譯文】於是禮官無需告誡就已準備就緒，軍政無需謀劃就已整肅完畢。選定吉日，雨師灑道，六甲按隊，八陣警戒。孟冬中旬，皇帝乘車而出，千旗如雲，萬戟如林，火光熊熊，飛焰閃耀，原野為之震動，草木為之風生。皇帝巡視郡縣，考察風俗，詢問百年大計，舉行各種祭祀活動，興復墜落的典籍，修補缺失的政令。所到之處，百姓家家户户相互呼應，萬方百姓縱情觀看，千里之內人山人海，城邑相連歡慶，丘陵之上聚集起舞。其中白髮蒼蒼的老人，因喜悦而流淚，沒想到在輓歌《蒿里》之魂的地方，又能看到乾封大典的盛況。堯雲已去，舜日重歸，神光靈氣蓬勃昂揚，爛漫於天地之間。

是月來至於岱宗，祗祓齋宮，滌濯靜室，凝神玄覽，將款太一。議夫太山者，聖帝受天官之宮，天孫總人靈之府，自昔立國，莫知萬數，克升中而建號，惟七十而有五，我高宗六之，而今七矣，非夫尊位盛時，明德曠代，遼闊難並之甚哉！先時將臻夫大封也，累封疆於高岡，築泰壇於陽趾。夫其天壇三襲，辰陛十二，咸秩衆靈，列座有次：崇牙樹羽，管磬鏞鼓，宮懸於重壝之內；干戚釵殳，鈎戟戣戵，周位於四門之外。伐國重器，傳代絕瑞，旅之於中庭；玉輦金轂，翠冒黃屋，夾之於端路。庶官百辟，羌夷蠻貊，褒成之後，讓王之客，序立於禮神之場；髦頭弩牙。鐵馬金鏃，介胄如雪，旗幟如火，遠匝於淸禁之野。於是乎以天正上元，法駕徐進，屯千乘於平路，留群臣於谷口。皇帝御六龍，陟萬仞，獨與一二元老執事之人，出天門，臨日觀，次沆瀣，宿巉岩，赤霄可接，白雲在下。庚寅，祀高祖於上封，以配上帝，命衆官於下位，以享衆神，皇帝冕裘登壇，奠獻俯僂，叶金奏，佾羽舞，撞黃鐘，歌大呂，開閶闔，與天語，淸將信公，奉斗布度，懋建皇極，勤恤蒼生，昭嘏乎未兆，禳災乎未萌。上下傳節，而禮成樂遍，福壽同歸，而帝賜神策，乃檢玉牒於中頂，揚柴燎於高天，庶忠誠之上達，若憑焰而駕煙。日轡方旋，神心餘眷，五色雲起，拂馬以隨人，萬歲山呼，從天而至地。越翌日，尊睿宗，侑地祇，而禮社首，遂張大樂，覲東后。國風惟舊，無黜幽削爵之誅；王澤惟新，有眚災大賚之慶。不浹日，至化洽於人心；不崇朝，景福遍於天下。然後藏金匱於祏室，回玉鸞於上都，煌煌乎眞聖朝之能事，而高代之盛節者也。

【譯文】這個月來到泰山，恭敬地清掃齋宮，洗滌靜室，凝神靜氣地觀察，將要祭拜太一之神。談論泰山，這是聖帝接受天命的宮殿，是天孫總管人間神靈的府邸。自古以來建立國家，數不勝數，能夠登泰山祭天建號的，只有七十五位，我朝高宗六次前來，而皇帝現在是第七次。這難道不是尊位盛世、明德曠代、遼闊難並的盛事嗎！在將要舉行大封禪之前，在高岡上累積封土，在陽趾上修築泰壇。那泰壇有三重臺階，十二道天門，眾神靈按次序排列座位；牙旗上樹立著羽毛，管磬鏞鼓懸掛在重牆之內；干戚鉞殳等兵器排列在四門之外。國家的重器、傳世的珍寶陳列在中庭；玉輦金轂、翠蓋黃屋夾道而行。百官諸侯、羌夷蠻貊、褒成王的後代、辭讓王位的賓客，按順序站立在祭神的場地；頭盔上插著雉尾、弓箭在手，鐵馬金鏃，盔甲如雪，旗幟如火，遠遠環繞在宮禁的郊外。於是在正月上旬，皇帝乘著法駕緩緩前行，千輛兵車屯駐在平路上，羣臣留在谷口。皇帝駕著六龍，登上萬丈高山，只與一兩個元老執事之人，走出天門，登上日觀峯，在沆瀣池邊停留，在巉岩上過夜，紅雲可接，白雲在下。庚寅日，在上封祭祀高祖，以配祭上帝，命令眾官在下位祭祀眾神。皇帝穿著冕服登上祭壇，奠獻祭品恭敬地彎腰鞠躬，樂聲和諧，羽舞翩翩，撞擊黃鐘大呂，唱響大呂之歌，打開天門與上天對話。清將信公奉上斗柄以測定方位，勉力建立皇極之道，勤勉體恤百姓，彰顯祝福于未顯之前，解除災難未發之前。上下傳遞符節，禮儀完成樂章奏遍。福壽同歸皇帝一身，皇帝賜予神策。於是在山頂檢查玉牒，在高天揚起柴火燎祭。希望忠誠之心能夠上達天庭，如同憑藉火焰而駕馭雲煙。日車剛剛回轉，神靈還眷顧著人間。五色雲起，拂過馬匹跟隨人羣。萬歲之聲響徹天地。第二天，尊奉睿宗祭祀地神社首山，於是張設大樂迎接東后。國風依舊沒有改變廢除幽暗削奪爵位的刑罰；王恩唯新有免除災禍賜予恩澤的慶典。不到一天的時間，聖明的教化就深入人心；不到一個早晨的時間，吉祥的福澤就遍及天下。然後將金匱藏於石室之中，將玉鸞送回上都。這真是聖朝所能做到的盛事，也是高代所舉行的盛典啊！

於斯之時，華戎殊俗，異音同歎曰：「兵合多雨，山峻多雲，豈有大舉百萬之師，克期千里之外，及行事之日，則天無點翳，地無纖塵，嚴冬變爲韶熹，寒谷鬱爲和氣，非至德，其孰能動天如此其順者乎？昔人云：『自西自東，自南自北，無思不服。』今信『知聖人作而萬物睹，其心服之』之謂矣！」或曰：「祭泰折主先後，非禮歟？」曰：「是禮也，非宜也。

王者父事天，母事地，侑神崇孝，無嫌可也。且夫柴瘞外事，帝王主之；丞嘗內事，后妃助之。是開元正人倫，革弊禮，起百王之法也。故令千載瞰末光，聆絕韻，咀甘實，漱芳潤，爍玄妙之至精，流不已之淑聲。」臣說作頌，告於神明，四皇墳而六帝典，雖吉甫亦莫能名，徒採彼輿人之詩曰：大矣哉!維天爲大，惟皇則之。率我萬國，受天之祺，子孫百代，人神共保綏之云爾而已矣。（同上卷二百二十一。）

【譯文】在這個時候，華夏各族百姓，不同的聲音都在讚歎：「軍隊出征常遇多雨，山勢峻峭常伴多雲，哪里有大舉百萬之師，在千里之外約定日期行事，到了行事之日卻天無陰雲、地無纖塵，嚴冬變為溫暖，寒谷充滿和氣，如果不是至高的德行，誰又能如此順應天意呢？古人說：『從西到東，從南到北，沒有人不服從。』現在相信了『聖人出現而萬物都能看見，人們內心都服從他』的説法！」有人問：「祭祀泰山卻先祭后土，這不是不合禮制嗎？」回答說：「這是禮制，但並非一成不變。王者像對待父親一樣侍奉天，像對待母親一樣侍奉地，祭祀神靈以彰顯孝道，沒有什麼可嫌棄的。況且柴祭埋祭是外事，由帝王主持；嘗祭是內事，由后妃協助。這是開元朝正人倫、革除弊禮、恢復百王之法的舉措。所以讓千載之後的人們仍然能看到它的光輝，聆聽它的絕妙音韻，品嘗它的甘美果實，沐浴它的芬芳潤澤，閃耀其玄妙至極的精華，流傳其永不止息的美名。」臣下張説作頌歌以告慰神明。四墳六典，即使是尹吉甫也難以完全描繪。只能採集百姓的詩句說：太偉大了啊！天是最偉大的，只有皇帝才能效法它。率領我們萬國，接受上天賜予的福澤，子孫百代，人神共同保佑它罷了。

八、兵部尚書代國公贈少保郭公行狀

公名震，字元振，本太原陽曲人也。大父任相州湯陰令，因居於魏。公少倜儻廓落，有大志，儀冠雄傑，身長七尺，美須髯。十六入太學，與薛稷、趙彥昭同業。時有家僕至，寄錢四百千以爲學糧。忽有一人縗服叩門云：「五世未葬，棺柩各在一方。今欲齊舉大事，苦乏資用。聞君家信至，頗能相濟否?」不問姓名，以車載去，一無所留，深爲趙、薛所誚。公怡然曰：「濟彼大事，亦何誚焉!」十八擢進士第，其年判入高等。時輩皆以校書、正字爲榮，公獨請外官，授梓州通泉尉。至縣，落拓不拘小節，嘗鑄錢，掠良人財，以濟四方，海內同聲合氣，有至千萬者。則天聞其名，驛徵引見，語至夜，甚奇之。問蜀州之跡，對而不隱。命錄舊文，乃上古劍歌，其詞曰：

【譯文】郭公名震，字元振，原本是太原陽曲人。他的祖父曾任相州湯陰縣令，因此遷居魏地。郭公年少時便性格開朗、豁達不羈，胸懷大志，儀表堂堂，身長七尺，鬍鬚濃密美觀。十六歲進入太學學習，與薛稷、趙彥昭成為同學。當時，家中僕人送來四百千錢作為他的學費。突然有一天，一位穿著喪服的人敲門來說：「我家五代人的棺材都未下葬，各在一方。如今我想完成這件大事，但苦於缺乏資金。聽說你家有錢寄來，能否相助一二？」郭公沒有詢問對方的姓名，便用車載走了全部錢財，沒有留下一分一毫，因此受到趙、薛兩人的嘲笑。郭公卻坦然地說：「能幫助他完成這件大事，有什麼好嘲笑的！」十八歲時，郭公考中進士，並在當年獲得考試高等。當時，同輩們都以擔任校書郎、正字等官職為榮，但郭公卻請求到地方任職，被授任梓州通泉縣尉。到了任上，他性格灑脫，不拘小節，曾經鑄錢、掠奪良家子弟財物，用以資助四方之人。海內各地與他志同道合的人，有的甚至達到了千萬之眾。武則天聽聞了他的名聲，派使者召見他，與他交談至深夜，對他的才華大為讚賞。當被問及在蜀州的所作所為時，他毫不隱瞞地如實回答。武則天命令他抄錄舊作，於是他呈上一首上古風格的劍歌，歌詞如下：

「君不見昆吾鐵冶飛炎煙，紅光紫氣俱赫然。良工煅煉凡幾日，鑄得寶劍名龍泉。龍泉顏色如霜雪，良工咨嗟歎奇絕。琉璃玉匣吐蓮花，錯鏤金環生明月。正逢天下無風塵，幸且周防君子身。精光黯黯青蛇色，文章片片綠龜鱗。非直結交遊俠子，亦曾親近英雄人。那知中路遭棄捐，零落漂淪古獄邊。雖則沉埋無所用，猶能夜夜氣沖天。」

【譯文】略。

則天覽而佳之，令寫數十本，遍賜學士李嶠、閻朝隱等，遂授右武衛胄曹、右控鶴內供奉，尋遷奉宸監丞。屬吐蕃請和親，令報命，至境上，與贊普相見，宣國威命，責其翻覆，長揖不拜，瞋目視之。贊普曰：「漢使多矣，無如公之誠信。遠近疆界，立談悉定。」因遺金數十斤而還。公悉以進上，奏言：揣彼上下之情，人倦其隸役久矣，咸願早和。大將論欽陵不爭四鎮，獨不欲耳。但國家每歲不絕其使，而欽陵常不稟命，自然彼落之人，怨欽陵日深，望國恩日甚，設欲廣舉兵徒，難矣。斯乃用反間之微旨也，必可使其上下俱懷猜阻矣。則天甚然之。無何，吐蕃君臣果相疑貳，遂誅欽陵，而贊婆及其兄子莽布支並來降。

【譯文】武則天閱讀郭公的劍歌後大為讚賞，命令抄寫數十本，分賜給學士李嶠、閻朝隱等人，隨即任命郭公為右武衛胄曹、右控鶴內供奉，不久遷為奉宸監丞。當時，吐蕃請求和親，武則天派遣郭公前去回復。到達邊境後，郭公與吐蕃贊普相見，宣讀國威和命令，並責備他們反復無常。在會面中，郭公只是長揖而不跪拜，怒目而視。贊普說道：「漢人的使者有很多，但沒有一個像您這樣誠信。關於遠近疆界的問題，我們只需片刻交談即可確定。」於是贈送給郭公數十斤黃金作為回禮。郭公將黃金全部進獻給朝廷，上奏說：「我揣測吐蕃上下的情況，人們已經厭倦長期的勞役，都希望早日和平。大將論欽陵並不爭奪四鎮之地，只是他個人不願意而已。但如果我們國家每年不斷派遣使者，而論欽陵常常不遵從命令，那麼吐蕃內部的人們自然會日益怨恨論欽陵，而更加期望得到國家的恩澤。如果我們想要大規模舉兵，將會很難。這是使用反間計的微妙之處，一定可以使吐蕃上下相互猜忌、阻隔。」武則天非常贊同他的看法。不久之後，吐蕃君臣果然相互猜忌、產生分裂，最終誅殺了論欽陵，而贊婆及其兄子莽布支等人前來投降。

公聲名籍甚，授御史，加朝散大夫，遷主客郎中。吐蕃與突厥連和，大入西河，破數十城，圍逼涼州。節度出城戰沒，蹂禾稼，米斗萬錢。則天方禦洛城門酺宴，涼州使至，因輟樂，拜公爲涼州都督、兼隴右諸軍大使，調秦中五萬人，號二十萬，以赴河西。公至涼州，吐蕃素聞威名，相謂曰：「我贊普猶懼，吾輩何可敵乎？」相率而去。公收合餘衆，繕修城壁，施法令，屯田，一年而復，公之功也。公以涼州西拒吐蕃，北有突厥，久示其弱，未揚天威，因征隴右兵馬一百二十萬，號二百萬，集於湟州，營幕千里，舉鋒號令。

【譯文】郭公因此聲名大振，被任命為御史，加授朝散大夫，遷為主客郎中。吐蕃與突厥聯合，大舉入侵西河，攻破數十座城池，圍困涼州。節度使出城迎戰不幸陣亡，吐蕃軍隊踐踏莊稼，導致一斗米賣到萬錢。當時，武則天正在洛城門舉行宴會慶祝，涼州使者到來後，因此停止了音樂，任命郭公為涼州都督、兼隴右諸軍大使，並從秦中調集五萬人，號稱二十萬，前往河西地區。郭公到達涼州後，吐蕃人一向聽聞他的威名，相互說道：「我們的贊普都害怕他，我們怎麼能與他為敵呢？」於是紛紛撤退。郭公收攏殘餘的士兵，修繕城牆，施行法令，進行屯田，一年之間就恢復了秩序，這都是郭公的功勞。郭公認為涼州西臨吐蕃，北有突厥，長久以來顯示出弱勢，未能彰顯國家的威嚴。因此，他徵集隴右兵馬一百二十萬，號稱二百萬，集結在湟州，營幕連綿千里，舉旗發令。

時宗楚客爲相，素與公不協，令人告變。則天惶懼，計無所出。狄仁傑、魏元忠、韋安石、李嶠、宋璟、姚崇、趙彥昭、韋嗣立、張說二十五人，抗表請保。如公有異圖，並請身死籍沒。則天由是稍安。兵既大集，人又知教。分兵十道齊進，過青海，幾至贊普牙帳。贊普屈膝請和，獻馬三千疋，金三萬斤，牛羊不可勝數。公大張軍威，受其蕃禮而還。既伏西戎，震威北狄。突厥獻馬二千疋，所獲涼州人士，皆放歸塞上。從此蕃鎮肅清，蕃落畏慕，令行禁止，道不拾遺。凡所制作規模，率爲後法。河西、隴右十餘處，置生祠堂，立碑頌德，閻立均等爲其文。

【譯文】當時宗楚客擔任宰相，一向與郭公不和，他派人告發郭公有異心。武則天聽後惶恐不安，不知所措。狄仁傑、魏元忠、韋安石、李嶠、宋璟、姚崇、趙彥昭、韋嗣立、張說等二十五人聯名上表請求擔保郭公，表示如果郭公有異圖，他們願意以身家性命擔保家產沒收充公。武則天因此稍微安心。大軍集結後，士兵們又接受了良好的訓練。郭公分兵十道齊頭並進，越過青海，幾乎到達贊普的牙帳。贊普屈膝請和，獻上三千匹馬、三萬斤黃金以及無數的牛羊。郭公大張軍威，接受了吐蕃的禮節後返回。他既降服了西戎，又威震了北狄。突厥獻上兩千匹馬，所俘獲的涼州人士都被放歸塞上。從此，蕃鎮安定清明，蕃落敬畏仰慕，令行禁止，路不拾遺。郭公所制定的規章制度，都成為後來的典範。在河西、隴右等十餘處地方，都設立了生祠堂，立碑頌揚他的功德，由閻立均等人撰寫碑文。

尋有詔許入朝。公素無第宅，寄居友人之舍。候鼓入朝，忽有人馬前送狀，開緘，前人已去，狀中惟有物數，而無姓名。便於樹下獲騾馬二十餘疋，帛三千疋。公曰：「豈非太學請葬之士乎？」因以買宅居止。薛稷、趙彥昭聞之，皆嗟歎良久。

【譯文】不久朝廷下詔允許郭公入朝。郭公一向沒有自己的宅邸，一直寄居在友人的家中。當他準備入朝時，忽然有人在馬前遞給他一份狀紙，打開一看，那人已離開，裏面只有物品的數量，卻沒有姓名。隨後，在樹下發現了二十多匹騾馬和三千匹帛。郭公說：「這難道不是當年太學中請求資助葬禮的那個人嗎？」於是用這些財物買下了宅邸居住。薛稷、趙彥昭聽說這件事後，都感歎了很久。

景龍年中，宗楚客、韋處訥等潛結朋黨，憎功害能，授公驍騎大將軍兼安西大都護、四鎮經略使、金山道大總管。時烏質勒久恃衆倨傲，不屈朝廷，縱兵遠略，道路不通。公以衆寡不敵，難以力制，因率麾下數十騎，徑入部落。烏質勒大出兵衛出迎，望見公威容端毅，風鬣若神，不覺屈膝，因而下拜。公宣國威命，抗聲與語，自朝至暮，雪深尺餘，竟不移足。質勒頻拜伏。語畢歸帳，相去二十餘里。質勒久立雪中，倉促疾發，是夜暴卒。其嗣子娑葛集諸將曰：「漢使殺我君父，今須復讎。」大舉兵衆，將追殺。公聞質勒死，遲明，素服來吊，道路相逢，兵圍數匝。娑葛見公忽來，未之敢逼，但言衛護漢使。公至其帳下，大哭流涕，因撫定其嗣。蕃人大喜，留數十日，助其葬事。娑葛獻馬三千疋，牛羊十餘萬。移居千里，西域無事，道路肅清。諸蕃聞之，遣使歸降者十餘國。時人語之曰：「郭元振詭殺烏質勒。」知娑葛與闕啜有釁，奏請移於瓜州。制從之。會中書令宗楚客受金，遂寢其事。公具以狀聞，楚客恃勢，矚請召公，將陷之，公不從。又奏請斬楚客，淸蕃落。時韋庶人竊弄國權，中宗竟不之省也。

【譯文】景龍年間，宗楚客、韋處訥等人暗

中結黨營私，憎恨有功之人，害怕有才之人，於是授任郭公為驍騎大將軍兼安西大都護、四鎮經略使、金山道大總管。當時，烏質勒依仗人多勢眾，傲慢無禮，不屈服於朝廷，縱容士兵進行遠征，導致道路不通。郭公認為敵眾我寡，難以用武力制服，於是率領部下數十名騎兵，直接進入該部落。烏質勒出動大軍護衛迎接，望見郭公威嚴的容貌和端莊的氣度，如同神人一般，不覺屈膝而下拜。郭公宣讀國威和命令，高聲與烏質勒交談，從早晨到傍晚，雪深達一尺多，他竟然沒有移動腳步。烏質勒多次跪拜。交談結束後，郭公返回營地，相距二十多里。烏質勒在雪中站立了很久，倉促間突然發病，當夜暴斃。他的嗣子娑葛召集諸將說：「漢使殺死了我們的君父，現在必須報仇。」於是大舉發兵，準備追殺郭公。郭公聽說烏質勒死後，天剛亮，就穿著喪服前來弔唁，在路上與娑葛的軍隊相遇，被圍了好幾圈。娑葛見郭公突然到來，不敢逼近，只是説要護衛漢使。郭公來到娑葛的營帳下，大哭流涕，於是安撫了娑葛。蕃人們大喜，留郭公住了數十天，幫助他辦理喪事。娑葛獻給郭公三千匹馬、十多萬頭牛羊。郭公將部落遷移千里之外，西域因此無事，道路肅清。諸蕃聽説後，有十多個國家派遣使者前來歸降。當時有人説：「郭元振詭異地殺死了烏質勒。」郭公知道娑葛與闕啜有仇隙，於是上奏請求將娑葛部落遷移到瓜州。朝廷批准了請求。恰逢中書令宗楚客收受賄賂，於是將此事擱置不辦。郭公將情況詳細上報，宗楚客仗勢欺人，囑咐人召見郭公，想要陷害他，但郭公沒有聽從。郭公又上奏請求斬殺宗楚客，以清除蕃落中的奸邪。當時韋庶人（唐中宗皇后）暗中竊取國家大權，中宗竟然沒有理會。

初，安西南有毒河源，遠在蔥嶺西北，河岸百步，人畜踏之者輒死。公威鎮西域，所向無不從者。因驗圖經，知其源。率兵三萬人，歷於闐、康居、大食等十餘國，令供資糧，仍署其國王爲左右總管，率兵前進，北至蔥嶺，牙帳前十二國王，兵百萬餘。其河源上有大樹，高千餘尺，垂陰數頃。大軍至日，有黃龍繞樹，以口吐毒氣而拒官軍，三軍悉睹焉。公手書操檄文，令左拾遺張宣抗聲讀之畢，黃龍解樹而下。公率諸軍誅之，數日方倒，聚而焚焉。河源且絕，數十里內，悉爲良田。在安西十餘年，四鎮寧靜。

【譯文】當初，安西以南有毒河源，遠在蔥嶺西北，河岸百步之內，人畜一旦踏上去就會死亡。郭公威震西域，所到之處無不遵從。他根據圖經考證，知道了毒河源的所在。於是率領三萬大軍，經過于闐、康居、大食等十多個國家，命令他們提供資糧，並任命這些國家的國王為左右總管，率領士兵前進。大軍到達蔥嶺時，牙帳前有十二個國王，士兵多達百餘萬。毒河源上有一棵大樹，高達千餘尺，樹蔭覆蓋數頃之地。大軍到達之日，有黃龍繞樹而飛，用口吐毒氣來抗拒官軍，三軍將士都親眼目睹了這一幕。郭公親手書寫檄文，命令左拾遺張宣高聲宣讀完畢，黃龍才從樹上離開樹木而下。郭公率領諸軍誅殺黃龍，經過數天才將其擊倒，然後聚集起來焚燒。毒河源因此斷絕，數十里之內都變成了良田。郭公在安西十多年間，四鎮寧靜無事。

韋庶人知政，屢征不至。因下僞詔，令侍御史呂守素、中丞馮家賓相繼巡邊，欲將害之。未及，皆爲娑葛等諸蕃劫殺之。

【譯文】韋庶人執掌政權後，多次徵召郭公但都沒來。於是她偽造詔書，命令侍御史呂守素、中丞馮家賓相繼巡視邊防，打算加害於郭公。但還沒等到他們到達邊疆，兩人就都被娑葛等蕃部劫殺。

睿宗卽位，征拜太僕卿。敕至之日，舉家進發。安西士庶，諸蕃酋長，號哭數百里，或剺面截耳，抗表請留，因給之而後卽路。其至玉門關也，去涼州八百里。河西諸州百姓蕃部落聞公之至，貧者攜壺漿，富者設供帳，聯綿七百里不絕。公旌節下玉門關，百姓望之，宛轉叫呼，聲動岩谷。自朝至暮，傳呼至涼州。涼州城中男女在衢路，並歌舞出城，咸言：我父至矣。通夜城門不受禁制。都督司馬逸客聞之，謂公近矣，陳兵出迎。會候騎至，云始入玉門關。都督嗟歎良久，具狀聞。

【譯文】睿宗即位後，徵召郭公並任為太僕卿。詔書到達的當天，郭公全家就出發上路。安西士民百姓和諸蕃酋長，號哭了數百里，有的人甚至割面截耳，上表請求留下郭公，郭公只好用謊言安撫他們然後才上路。當他到達玉門關時，距離涼州還有八百里。河西諸州百姓和蕃部落聽說郭公要來，貧窮的人提著壺漿，富有的人擺設供帳，連綿七百里不斷。郭公的旌節進入玉門關時，百姓望見，婉轉叫呼，聲音震動山谷。從早晨到傍晚，傳呼之聲傳到涼州。涼州城中男女都在路上，歌舞著出城，都說：「我們的郭父回來了。」整夜城門都不受禁制。都督司馬逸客聽說後，以為郭公快到了，於是陳兵出迎。恰逢候騎到來，說郭公才剛開始進入玉門關。都督感歎了很久，將情況上報朝廷。

至京，同中書門下三品，加銀青光祿大夫，遷兵部尚書，封館陶縣男，依舊知政事。尋轉吏部尚書，知舉選，囑請不行，大收草澤，睿宗屢下詔褒美。後默啜大寇邊，拜刑部尚書，充朔方道行軍大總管，築豐安、定遠等城以拒賊路。尋加金紫光祿大夫，再遷兵部尚書，知政事，仍舊元帥。會太平公主、竇懷貞潛結凶黨，謀廢皇帝，睿宗猶豫不決，諸相皆阿諛順旨，惟公廷爭不受詔。及舉兵誅竇懷貞等，宮城大亂，睿宗步出肅章門觀變，諸相皆竄外省，公獨登奉天門樓躬侍。睿宗聞東宮兵至，將欲投於樓下，公親扶聖躬，敦勸乃止。及上卽位，宿中書十四日，獨知政事，因下詔曰：「大臣立事，夷險不易；良相升朝，安危所系。兵部尚書、同中書門下三品、上柱國、館陶縣開國伯元振，偉材生代，宏量匡時，經綸文武，今之王佐；出入將相，古之人傑。夙侍宸扆，疇咨廟堂，思致堯、舜，以期管、樂。朕往在儲闈，洎登寶位，每觀其仗義感激，願制凶邪，立誠慷慨，密陳宏益：爾其至矣，朕實嘉之。頃者梟獍興謀，干戈作釁，太上皇帝既命朕除討，元振又馳奉宸極，始則齎予為弼，終則寧朕問安，可謂格於皇天，貫於白日。元惡既翦，庶物惟新，昌言是圖，朕豈忘舊?宜開井邑，永誓山河，可進封代國公，賜實封四百戶，物一千段，子五品官。」

【譯文】郭公到達京城後，被任命為同中書門下三品，加授銀青光祿大夫，遷升為兵部尚書，封為館陶縣男，依舊參與政事。不久又轉任吏部尚書，負責選拔官員，不接受請托，大量選拔人才，睿宗多次下詔表彰他的美德。後來默啜大舉侵犯邊境，郭公被任命為刑部尚書，充任朔方道行軍大總管，修築豐安、定遠等城來阻擋敵人的道路。不久又加授金紫光祿大夫，再次遷升為兵部尚書，知政事，仍然擔任元帥。恰逢太平公主、竇懷貞暗中勾結凶黨，圖謀廢黜皇帝，睿宗猶豫不決，諸相都卑躬屈膝、順從旨意，只有郭公在朝廷上力爭不接受詔命。等到起兵誅殺竇懷貞等人時，宮城大亂，睿宗步行走出肅章門觀看事變，諸相都逃往外省，只有郭公獨自登上奉天門樓侍奉睿宗。睿宗聽説東宮的軍隊到來，想要從樓上跳下，郭公親自扶著睿宗，懇切勸説他才沒有跳。等到玄宗即位後，郭公在中書省住了十四天，獨自處理政事，於是下詔説：「大臣處事，無論安危都不改變；良相升朝，關係到國家的安危。兵部尚書、同中書門下三品、上柱國、館陶縣開國伯郭元振，才華出眾，胸懷寬廣，文武兼備，是當今的王佐之才；出入將相，是古代的人傑。早年侍奉在皇帝身邊，後來在朝廷上諮詢國事，想要實現堯舜之治，期望成為管仲、樂毅那樣的人。朕在儲君之位時，以及即位之後，每當看到他仗義執言、感激盡忠，願意制裁郭公還沒到饒州，就在路上去世了，終年五十八歲。著有文集二十二卷，文章氣勢飄逸，為世人所推重。

公少負氣縱橫，遣意磊落，作尉巴蜀，不修名檢，及登朝受任，屢使遐方，霜明烈心，玉立貞節。言行忠正，居取儉約，飭體雜於皇王，致君期於堯舜。公務之暇，手不釋卷，雖子弟家人，未嘗見其喜怒。前後上事切諫得失十數道，俱焚其槁草，不以語人，故朝廷莫知也。睿宗嘗曰：「元振正直齊於宋璟，政理逾於姚崇，其英謀宏亮過之矣。」舊於宣陽里居二十餘年，不至諸院馬廏。每朝回，對二親言笑，歸室儼如也，不問家事。與狄仁傑、朱敬則、魏元忠、李嶠、韋安石、趙彥昭、韋嗣立、薛稷、張說等爲忘言之友。事父母以孝聞，父受，授濟州刺史，後以爲相，奏請解職，授銀青光祿大夫、濟州刺史致仕。公歿後，二親猶在，自我唐受命，宰臣有二親者，惟公而已。（同上卷二百三十三。）

【譯文】郭公年輕時性格豪爽不羈，行事灑脫，在巴蜀擔任縣尉時，不注重名聲節操，等到登朝受任，多次出使遠方，他的忠誠之心如霜雪般明亮，節操如玉般堅定。他言行忠正，生活節儉，他的品行既符合皇王之道，又期望君主能成為堯舜那樣的賢君。公務之餘，他手不釋卷，即使是子弟家人，也未曾見過他的喜怒。他先後向朝廷上了十多道懇切直言得失的奏章，都燒掉了草稿，不告訴別人，所以朝廷中沒有人知道。睿宗曾說：「郭元振的正直與宋璟相當，治理政務的能力超過姚崇，他的英才謀略和宏大氣度更是超過了他們。」郭公在宣陽里居住了二十多年，從未去過諸院馬廄。每次朝見回來，都與雙親談笑風生，回到內室則端莊嚴肅，從不詢問家事。他與狄仁傑、朱敬則、魏元忠、李嶠、韋安石、趙彥昭、韋嗣立、薛稷、張說等人結為忘言之交。他侍奉父母以孝順聞名，父親郭受，曾任濟州刺史，後來郭公擔任宰相，上奏請求離職，以銀青光祿大夫、濟州刺史的身份退休。郭公去世後，他的雙親還在世，自從唐朝建立以來，宰相中有雙親在世的，只有郭公一人。

附錄二：舊唐書·張說傳

張說，字道濟，其先范陽人，代居河東，近又徙家河南之洛陽。弱冠應詔舉，對策乙第，授太子校書，累轉右補闕，預修《三教珠英》。久視年，則天幸三陽宮，自夏涉秋，不時還都。說上疏諫曰：

【譯文】張說，字道濟，他的祖先是范陽人，世代居住在河東，近期又將家遷徙到河南洛陽。張說二十歲時應詔舉，殿試對策考中乙等，被授任太子校書，經多次升遷後轉任為右補闕，參與編修《三教珠英》。久視年間，武則天到三陽宮，從夏天待到秋天，不按時返回都城，張說上疏勸說道：

陛下屯萬乘，幸離宮，暑退涼歸，未降還旨。愚臣固陋，恐非良策，請爲陛下陳其不可。三陽宮去洛城一百六十里，有伊水之隔，崿阪之峻，過夏涉秋，水潦方積，道壞山險，不通轉運，河廣無梁，咫尺千里，扈從兵馬，日費資給，連雨彌旬，卽難周濟。陛下太倉、武庫，並在都邑，紅粟利器，蘊若山丘。奈何去宗廟之上都，安山谷之僻處？是猶倒持劍戟，示人鐏柄，臣竊爲陛下不取。夫禍變之生，在人所忽，故曰：「安樂必誡，無行所悔。」此不可止之理一也。告成褊小，萬方輻湊，塡城溢郭，幷錙無所。排斥居人，蓬宿草次，風雨暴至，不知庇托，孤惸老病，流轉衢巷。陛下作人父母，將若之何？此不可止之理二也。池亭奇巧，誘掖上心，削巒起觀，竭流漲海，俯貫地脉，仰出雲路，易山川之氣，奪農桑之土，延木石，運斧斤，山谷連聲，春夏不輟。勸陛下作此者，豈正人耶?《詩》云：「人亦勞止，汔可小康。」此不可止之理三也。御苑東西二十里，所出入來往，雜人甚多，外無牆垣扃禁，內有榛叢溪谷，猛獸所伏，暴慝是憑。陛下往往輕行，警蹕不肅，歷蒙密，乘嶮巇，卒然有逸獸狂夫，驚犯左右，豈不殆哉!雖萬全無疑，然人主之動，不宜易也。《易》曰：「思患預防。」願陛下爲萬姓持重，此不可止之理四也。今國家北有胡寇覷邊，南有夷獠騷徼。關西小旱，耕稼是憂；安東近平，輸漕方始。臣願陛下及時旋軫，深居上京，息人以展農，修德以來遠，罷不急之役，省無用之費，澄心澹懷，惟億萬年，蒼蒼群生，莫不幸甚。臣自度芻議，十不一從。何者?沮盤游之娛，間林沚之玩，規遠圖而替近適，要後利而棄前歡，未沃明主之心，已戾貴臣之意。然臣血誠密奏而不愛死者，不願負陛下言責之職耳。輕觸天威，伏地待罪。

【譯文】陛下停留車駕，來到行宮，暑熱已

退天氣轉涼，還沒有降下回都城的旨意。臣愚昧固執，認為這樣恐怕不是好辦法，請允許臣為陛下陳述不能長留此地的原因。三陽宮距離洛陽城一百六十里，中間隔著伊水，崿阪山高險峻，經過夏天進入秋天，雨水越積越多，道路毀壞山勢險惡，轉運物資的道路不通暢，河面寬闊淹沒橋樑，咫尺之地如同千里之遙。隨從的侍衛兵馬，每天的給養耗費很大，如果連續下十多天雨，供給就會難以接續。陛下的太倉、武庫，都在都城，糧食兵器，儲備的如同山丘。為什麼要離開宗廟所在的上都，而安居於這山谷的偏僻之地呢？這就像倒拿著劍戟，把把柄顯露給別人，臣私下裏認為陛下不應採取這樣的做法。禍亂的發生，往往在人們忽視的時候，所以說：「在安樂的時候必須警惕，不要幹後悔的事。」這是不可停留在此的第一個理由。告成縣地方偏僻狹小，四方人士聚集而來，人多得溢出城外，以致連下鏟的地方都沒有。於是排擠當地居民，使他們只能在草野中住宿，一旦風雨突然而至，就不知到哪里躲避，那些孤苦無依的老人病人，流浪在街頭巷尾。陛下作為百姓的父母，將如何去做呢？這是不可停留在此的第二個理由。宮苑池亭建築奇巧，引誘陛下把心思放在享樂上，於是開闢高山建起宮室，攔河築壩形成池海，下面連通地脈，上面聳出雲端，改變了山川的氣運，侵佔了種田采桑的土地，伐木採石，揮斧施工，山谷中不斷傳出丁丁的勞作聲，春夏不停。勸陛下這樣做的人，難道是正直的人嗎？《詩經·大雅·民勞》說：「人們也太勞累了，希望稍稍得到安康。」這是不可停留在此的第三個理由。御苑東西長二十里，人們出入往來，閒雜人員很多，外面沒有牆垣和門禁，裏面有叢生的草木、溪谷，是猛獸藏身之地，暴徒也會憑藉這些地方為非作歹。陛下往往輕裝出行，警衛不嚴密，穿過茂密的林木，走過崎嶇的山路，如果突然出現猛獸狂徒這類人，驚擾冒犯聖駕，難道不是很危險嗎？雖說絕對安全沒有什麼可疑惑的，然而作為皇帝不應該輕率行動。《易經・既濟》上說：「要想到禍患，預先防備。」希望陛下為了天下百姓保重自己。這是不可停留在此的第四個理由。

現在國家北面有胡寇侵擾邊疆，南面有夷族、獠族騷擾邊境。關西地區還有旱情，農耕情況讓人擔憂；安東地區最近剛平定，轉運糧草的工作才開始。臣希望陛下及時回車，深居在京城裏，讓人們休養生息以從事農耕，修養德行讓邊遠民族歸附，停止不著急的勞役，節省無用的開支。清心寡欲，只考慮億萬年之後的長遠之計，天下百姓，沒有誰不感到幸運的。臣自己估計臣的建議，十項中難得有一項被採用。為什麼呢？因為這會阻礙遊玩娛樂，隔斷林間水上的樂趣，規劃長遠打算就會替代眼前的享樂，謀求今後的利益就會捨棄眼前的歡娛，不能開導英明君主的心，已經觸怒了權貴的心意。然而臣出於一片誠心暗中上奏而不怕死，只是不願意辜負陛下所賜予的進言的職責罷了。輕率地觸犯天威，伏在地上等待治罪。

疏奏不省。

【譯文】奏疏呈上去沒有答復。

長安初，修《三教珠英》畢，遷右史內供奉，兼知考功貢舉事，擢拜鳳閣舍人。時麟臺監張易之與其弟昌宗構陷御史大夫魏元忠，稱其謀反，引說令證其事。說至御前，揚言元忠實不反，此是易之誣構耳。

元忠由是免誅，説坐忤旨配流欽州，在嶺外歲餘。中宗卽位，召拜兵部員外郎，累轉工部侍郎。景龍中，丁母憂去職。起復授黃門侍郎，累表固辭，言甚切至，優詔方許之。是時風教頹紊，多以起復爲榮，而説固節懇辭，竟終其喪制，大爲識者所稱。服終，復爲工部侍郎。俄拜兵部侍郎，加弘文館學士。

【譯文】長安初年，張說編撰《三教珠英》完成，升任為右史、內供奉、兼任知考功貢舉事，後被提拔為鳳閣舍人。這時麟臺監張易之與他的弟弟張昌宗羅織罪名陷害御史大夫魏元忠，說他陰謀反叛朝廷，指使張說作證。張說到武則天面前，聲稱魏元忠實際上沒有反叛，這是張易之他們的誣陷。魏元忠因此沒有被殺，張說由於違背了旨意被發配流放到欽州。他在嶺外待了一年多。中宗即位後，召他回來並授任他兵部員外郎的職位，經過多次升遷後轉任為工部侍郎。景龍年間，由於母親去世張説辭官守喪，後被起用為黃門侍郎，他多次上表堅決推辭，言辭十分懇切，中宗下優撫的詔書才答應他。當時社會風氣頹廢敗壞，人們大多把喪期未滿就被起用做官當作榮耀，而張説卻堅持操守懇切地推辭，最後完成了守喪的期限，很被有識之士稱讚。服喪期滿後，張説又擔任工部侍郎，不久被任命為兵部侍郎，加授弘文館學士。

睿宗即位，遷中書侍郎，兼雍州長史。景雲元年秋，譙王重福於東都構逆而死，留守捕繫枝黨數百人，考訊結構之狀，經時不決。睿宗令說往按其獄，一宿捕獲重福謀主張靈均、鄭愔等，盡得其情狀，自餘枉被繫禁者，一切釋放。睿宗勞之曰：「知卿按此獄，不枉良善，又不漏罪人，非卿忠正，豈能如此！」

【譯文】睿宗即位，張説升任為中書侍郎，兼任雍州長史。景雲元年（710）秋天，譙王李重福在東都圖謀叛亂而被殺，東都留守逮捕了同黨數百人，審訊他們同謀的情況，過了很長時間沒有判決。睿宗命令張説去覆查此案，一個晚上就捕獲了李重福謀反的首領張靈均、鄭愔等人，弄清了他們全部的情況，其餘被冤枉而拘禁的人，全部釋放。睿宗慰勞他説：「知道你復查這個案件，不會冤枉好人，又不會遺漏罪人。倘若不是因為你忠誠正直，怎能做到這樣？」

玄宗在東宮，說與國子司業褚無量俱爲侍讀，深見親敬。明年，同中書門下平章事，監修國史。是歲二月，睿宗謂侍臣曰：「有術者上言，五日內有急兵入宮，卿等爲朕備之。」左右相顧莫能對。說進曰：「此是讒人設計，擬搖動東宮耳。陛下若使太子監國，則君臣分定，自然窺覦路絕，災難不生。」睿宗大悅，卽日下制皇太子監國。明年，又制皇太子卽帝位。俄而太平公主引蕭至忠、崔湜等爲宰相，以說爲不附己，轉爲尚書左丞，罷知政事，仍令往東都留司。說既知太平等陰懷異計，乃因使獻佩刀於玄宗，請先事討之，玄宗深嘉納焉。及至忠等伏誅，徵拜中書令，封燕國公，賜實封二百戶。其冬，改易官名，拜紫微令。

【譯文】玄宗為太子時，張說與國子司業褚無量一起擔任玄宗的侍讀，被玄宗深深親信和敬重。第二年，張說被任命為同中書門下平章事，監修國史。這一年二月，睿宗對侍臣說：「有術士上奏說，五天內將有緊急的軍隊進入宮中，你們要替朕做好防備。」身邊人互相對視無人回答，張說進諫說：「這是奸邪之人設計的，想動搖東宮太子的地位。陛下如果讓太子監理國事，那麼君臣的名分就確定下來了，那些想尋機作亂的人自然就無路可走了，災難就不會產生。」睿宗非常高興，當天就下詔書命皇太子監理國事。第二年，又下詔書命皇太子李隆基即皇帝位。不久太平公主指使蕭至忠、崔湜等人做宰相，因為張說不肯依附自己，就將張說調任為尚書左丞，罷免他同中書門下平章事的職務，并命令他往東都留守。張說已經知道太平公主等人暗中懷有陰謀，於是派遣使者送給玄宗一把佩刀，請求事先討伐他們，玄宗深加贊許並採納了他的建議。等到蕭至忠等人伏法被殺後，玄宗徵召並授任張說為中書令，封他為燕國公，賜給他實封二百户。這年冬天，朝廷更改官名，張說被任命為紫微令。

自則天末年，季冬爲潑寒胡戲，中宗嘗御樓以觀之。至是因蕃夷入朝，又作此戲。說上疏諫曰：「臣聞韓宣適魯，見周禮而歎；孔子會齊，數倡優之罪。列國如此，況天朝乎！今外蕃請和，選使朝謁，所望接以禮樂，示以兵威。雖曰戎夷，不可輕易，焉知無駒支之辯，由余之賢哉！且潑寒胡未聞典故，裸體跳足，盛德何觀；揮水投泥，失容斯甚。法殊魯禮，褻比齊優，恐非干羽柔遠之義，樽俎折衝之禮。」自是此戲乃絕。

【譯文】從武則天末年開始，每到冬季最後一個月都要舉行潑寒胡戲，中宗曾經親自上樓觀看。到這時，趁著外族入朝，又舉行這種遊戲。張說上疏勸諫說：「臣聽說韓宣子到魯國去，見到周禮而讚歎；孔子會見齊景公，歷數倡優之罪。諸侯國都這樣做，何況天朝大國呢。現在外族請求和好，選派使者入朝拜見，希望以禮樂接待他們，向他們炫耀強大的軍隊。雖說他們是戎族夷族，但不能輕視，怎麼知道他們中沒有駒支那樣能言善辯的人，有由余那樣有才能的人呢？況且潑寒胡戲沒有典故出處，表演者裸體舉足，觀看這個怎麼能體現我們盛大的道德；潑水投泥，舉止容貌很失態。這種遊戲不同於魯國的禮儀，近似於齊國優伶的狎弄輕慢，恐怕不符合用禮樂文化懷柔遠方的道義，也不是設宴飲酒、折箭為盟的禮節。」從此這種遊戲就絕跡了。

俄而爲姚崇所構，出爲相州刺史，仍充河北道按察使。俄又坐事左轉岳州刺史，仍停所食實封三百戶，遷右羽林將軍，兼檢校幽州都督。開元七年，檢校幷州大都督府長史，兼天兵軍大使，攝御史大夫，兼修國史，仍齎史本隨軍修撰。八年秋，朔方大使王晙誅河曲降虜阿布思等千餘人。時幷州大同、橫野等軍有九姓同羅、拔曳固等部落，皆懷震懼，說率輕騎二十人，持旌節直詣其部落，宿於帳下，召酋帥以慰撫之。副使李憲以爲夷虜難信，不宜輕涉不測，馳狀以諫。說報書曰：「吾肉非黃羊，必不畏吃；血非野馬，必不畏刺。士見危致命，是吾效死之秋也。」於是九姓感義，其心乃安。

【譯文】不久張說被姚崇誣陷，到地方擔任相州刺史，仍然擔任河北道按察使。不久張說又因事獲罪被降為岳州刺史，同時停止享有實封三百戶，升任為右羽林將軍兼檢校幽州都督。開元七年（719），張說擔任檢校并州大都督府長史，兼天兵軍大使，攝御史大夫，兼修國史，並帶著史本書稿隨軍修撰。開元八年（720）秋天，朔方大使王晙殺了河曲降虜阿布思等一千多人。當時并州大同、橫野等軍有九姓同羅、拔曳固等部落，都心懷恐懼。張說率領二十名輕騎兵，帶著旌節直赴他們的部落，在帳中休息，召集各部落首領來加以慰問安撫。副使李憲認為夷族難以信任，不應該輕易涉身險地，快馬送信勸阻，張說回信說：「我的肉不是黃羊肉，一定不怕吃；我也不是野馬，一定不怕被刺。士人見到危難而勇於獻身，這正是我為國家獻身的時刻。」於是九姓部落被他的信義感動，內心才安定下來。

九年四月，胡賊康待賓率衆反，據長泉縣，自稱葉護，攻陷蘭池等六州。詔王晙率兵討之，仍令說相知經略。時叛胡與黨項連結，攻銀城、連谷，以據倉糧。說統馬步萬人出合河關掩擊，大破之。追至駱駝堰，胡及黨項自相殺，阻夜，胡乃西遁入鐵建山，餘黨潰散。說招集黨項，復其居業。副使史獻請因此誅黨項，絕其翻動之計。說曰：「先王之道，推亡固存，如盡誅之，是逆天道也。」因奏置麟州，以安置黨項餘燼。其年，拜兵部尚書、同中書門下三品，仍依舊修國史。

【譯文】開元九年（721）四月，胡人叛賊康待賓率眾反叛，佔據了長泉縣，自稱葉護，攻陷了蘭池等六個州。玄宗命令王晙率兵討伐叛賊，同時命令張説參與策劃。當時反叛的胡人與黨項聯合起來，攻打銀城、連谷，來佔據倉庫中的糧食，張説統領一萬步兵騎兵出兵合河關襲擊叛軍，打敗了叛軍。一直追殺叛軍到駱駝堰，胡人和黨項人自相殘殺，趁夜反叛的胡人向西逃入鐵建山，其餘的叛黨都潰散了。張説召集黨項人，恢復他們的居所與產業。副使史獻請求趁機殺了這些黨項人，杜絕他們反復叛變的計謀，張説説：「先王治理天下的原則，是推翻應該滅亡的，鞏固應該存在的，如果把黨項人全部殺掉，就是違背天意。」於是上奏請求設置麟州，來安置剩餘黨項的人。這一年，張説被授任兵部尚書、同中書門下三品，仍然依舊兼修國史。

明年，又敕說爲朔方軍節度大使，往巡五城，處置兵馬。時有康待賓餘黨慶州方渠降胡康願子自立爲可汗，舉兵反，謀掠監牧馬，西涉河出塞。說進兵討擒之，並獲其家屬於木盤山，送都斬之，其黨悉平，獲男女三千餘人。於是移河曲六州殘胡五萬餘口配許、汝、唐、鄧、仙、豫等州，始空河南朔方千里之地。說以討賊功，復賜實封二百戶。先是，緣邊鎮兵常六十餘萬，說以時無強寇，不假師衆，奏罷二十餘萬，勒還營農。玄宗頗以爲疑，說奏曰：「臣久在疆埸，具悉邊事，軍將但欲自衛及雜使營私。若禦敵制勝，不在多擁閑冗，以妨農務。陛下若以爲疑，臣請以闔門百口爲保。以陛下之明，四夷畏伏，必不慮減兵而招寇也。」上乃從之。

【譯文】第二年，玄宗又命令張説擔任朔方

軍節度大使，前往巡視五城，安排兵馬。當時有康待賓的餘黨、慶州方渠投降的胡人康願子自立為可汗，率兵反叛，圖謀掠奪監牧馬，往西渡過黃河出塞。張說率兵討伐並抓住了他，在木盤山還捕獲了他的家屬，將他們送到京城斬首，他的黨羽全部被平定，捕獲了男女三千多人。於是張說將河曲六州的殘餘胡人五萬多人分配到許州、汝州、唐州、鄧州、仙州、豫州等州，黃河以南到朔方的千里之地開始空了出來。因為張說討伐叛賊有功，又被賜予實封二百户。在這之前，鎮守邊疆的士兵通常有六十多萬，張說認為當時沒有強大的敵寇，不需要這麼多的軍隊，上奏請求裁減二十多萬，命令他們回去務農。玄宗很懷疑這個做法，張說上奏說：「臣長久在邊疆戰場，深知邊疆的事，將領們只想保護自己和為私事役使士兵。如果抵禦敵兵、克敵制勝，不在於多擁有閒散多餘的兵馬，從而妨礙農事。陛下如果懷疑這個做法，臣請求用臣的全家百口人作為擔保。憑陛下的英明，四方夷族都敬畏順服，一定不會擔憂減少兵馬會招來敵寇。」於是玄宗同意了他的請求。

時當番衛士，浸以貧弱，逃亡略盡。說又建策，請一切罷之，別召募強壯，令其宿衛，不簡色役，優爲條例，逋逃者必爭來應募。上從之。旬日，得精兵一十三萬人，分繫諸衛，更番上下，以實京師，其後彍騎是也。

【譯文】當時在京城守衛的士兵，漸漸因為貧困體弱，差不多都逃光了。張說又建議，請求全部裁減他們，另外召募強壯的人，命令他們值宿警衛，取消各種勞役，優厚地制定賞罰的條例，逃亡的人一定會爭相來應募。玄宗聽從了他的建議。十天後，招募到精兵十三萬人，分別隸屬於各衛，輪流守衛，來充實京城，這就是後來的彍騎。

是歲，玄宗將還京而便幸幷州，說進言曰：「太原是國家王業所起，陛下行幸，振威耀武，並建碑紀德，以申永思之意。若便入京，路由河東，有漢武脽上后土之祀，此禮久闕，歷代莫能行之。願陛下紹斯墜典，以爲三農祈穀，此誠萬姓之福也。」上從其言。及祀后土禮畢，說代張嘉貞爲中書令。夏四月，玄宗親爲詔曰：「動惟直道，累聞獻替之誠；言則不諛，自得謀猷之體。政令必俟其增損，圖書又藉其刊削，才望兼著，理合褒升。考中上。」

【譯文】這一年，玄宗將返回京城，想順便到并州去，張說進言說：「太原是國家王業興起的地方，陛下巡行視察，振奮軍威炫耀武力，並立碑紀念功德，來表達永久思念的情意。如果直接進入京城，路經河東，那裏有漢武帝在脽上祭祀后土的祠堂，這種禮儀長久缺失，歷代沒有人能實行。希望陛下繼承這失傳的典禮，用它來為農民祈求五穀豐收，這實在是百姓的福分。」玄宗聽從了他的話。到祭祀后土的禮儀完畢後，張説代替張嘉貞擔任中書令。夏天四月，玄宗親自寫詔書説：「你的舉動遵循正直之道，多次聽到你竭誠地進獻可否；説話不諂媚，自然得體地謀劃策略。政令一定要等你來增減，書籍編輯也借助你來削減，你的才能和聲望都很顯著，按理應該讚揚提拔。考核的成績為中上。」

說又首建封禪之議。十三年，受詔與右散騎常侍徐堅、太常少卿韋縚等撰東封儀注。舊儀不便者，說多所裁正，語在《禮志》。玄宗尋召說及禮官學士等賜宴於集仙殿，謂說曰：「今與卿等賢才同宴於此，宜改名爲集賢殿。」因下制改麗正書院爲集賢殿書院，授說集賢院學士，知院事。

【譯文】張說又首先提出到泰山封禪的建議。開元十三年（725），張說接受玄宗的詔令與右散騎常侍徐堅、太常少卿韋縚等人撰寫東封泰山的儀注。過去的儀注不合適的地方，張說大多作了裁定修正，這些話記載在《禮志》中。不久玄宗召見張說和禮官學士等人在集仙殿賜宴，玄宗對張說說：「現在和你們這些賢才一起在這裏宴會，這裏應該改名為集賢殿。」於是下令將麗正書院改為集賢殿書院，授予張說集賢院學士，知集賢院事。

及將東封，授說爲右丞相兼中書令，源乾曜爲左丞相兼侍中，蓋勒成岱宗，以明宰相佐成王化也。說又撰《封禪壇頌》以紀聖德。初，源乾曜本意不欲封禪，而說固贊其事，由是頗不相平。及登山，說引所親攝供奉官及主事等從升，加階超入五品，其餘官多不得上。又行從兵士，惟加勳，不得賜物，由是頗爲內外所怨。先是，御史中丞宇文融獻策，請括天下逃戶及籍外剩田，置十道勸農使，分往檢察。說嫌其擾人不便，數建議違之。及東封還，融又密奏分吏部置十銓，融與禮部尚書蘇頲等分掌選事。融等每有奏請，皆爲說所抑，由是銓綜失敘。融乃與御史大夫崔隱甫、中丞李林甫奏彈說引術士夜解及受贓等狀，敕宰臣源乾曜、刑部尚書韋抗、大理少卿明珪、御史大夫崔隱甫就尚書省鞫問。說兄左庶子光詣朝堂割耳稱冤。時中書主事張觀、左衛長史范堯臣並依倚說勢，詐假納賂，又私度僧王慶則往來與說占卜吉凶，爲隱甫等所鞫伏罪。說經兩宿，玄宗使中官高力士視之，回奏：「說坐於草上，於瓦器中食，蓬首垢面，自罰憂懼之甚。」玄宗憫之。力士奏曰：「說曾爲侍讀，又於國有功。」玄宗然其奏，由是停兼中書令，觀及慶則決杖而死，連坐遷貶者十餘人。隱甫及融等恐說復用爲己患，又密奏毀之。明年，詔說致仕，仍令在家修史。

【譯文】等到將要東封泰山時，玄宗任命張説為右丞相兼中書令，任命源乾曜為左丞相兼侍中，大概是為了完成東封泰山，表明宰相輔佐皇帝完成教化。張説又撰寫了《封禪壇頌》來記述玄宗的聖德。當初，源乾曜本意不想封禪，而張説贊成這件事，因此兩人很不和睦。等到登泰山時，張説引薦他的親信擔任供奉官和主事等人一起登山，給他們加官晉級破格提拔到五品，其餘官員大多不能登山。另外跟隨的士兵，只加勳級，不賞賜他們財物，因此很被朝廷內外的人怨恨。在這以前，御史中丞宇文融獻上計策，請求搜括全國的逃户和户籍外的剩餘田地，設置十道勸農使，分別派往各地檢查；張說嫌他騷擾百姓不方便，多次建議反對他。等到東封泰山回來，宇文融又暗中上奏請求將吏部設為十銓，宇文融與禮部尚書蘇頲等人分別掌管選官的事務。宇文融等人每次上奏請求，都被張說阻止，因此選拔官員失去了次序。於是宇文融和御史大夫崔隱甫、中丞李林甫上奏彈劾張說引進術士在夜間祈禱以及受賄等情況，玄宗下令讓宰相源乾曜、刑部尚書韋抗、大理少卿胡珪、御史大夫崔隱甫到尚書省審問。張說的哥哥左庶子張光到朝堂割掉耳朵稱冤。當時中書主事張觀、左衛長史范堯臣都依靠張說的勢力，假借張說的名義收受賄賂，又私自剃度僧人王慶則與張說往來占卜吉凶，被崔隱甫等人審問伏罪。張說經過兩晚的思考，玄宗派宦官高力士去看望他，高力士回來奏報說：「張說坐在草地上，用瓦器吃飯，頭髮蓬亂滿面污垢，自己懲罰自己十分憂懼。」玄宗很憐憫他。高力士上奏說：「張說曾做過侍讀，又對國家有功。」玄宗同意了他的奏報，因此停止讓張說兼任中書令，張觀和王慶則被判杖刑處死，受牽連獲罪被降職或外調的有十多人。崔隱甫和宇文融等人怕張說再次被任用成為自己的禍患，又暗中上奏詆毀他。第二年，玄宗下令讓張說辭官，仍然命令他在家修撰史書。

初，說爲相時，玄宗意欲討吐蕃，說密奏許其通和，以息邊境，玄宗不從。及瓜州失守，王君㚟死，說因獲嶲州鬥羊，上表獻之，以申諷諭。其表：「臣聞勇士冠雞，武夫戴鶡，推情舉類，獲此鬥羊。遠生越嶲，蓄性剛決，敵不避強，戰不顧死，雖爲微物，志不可挫。伏惟陛下選良家於六郡，求猛士於四方，鳥不遁才，獸不藏伎。如蒙效奇靈圃，角力天場，卻鼓怒以作氣，前躑躅以奮擊。䟣若奔雲之交觸，碎如轉石之相叩。裂骨賭勝，濺血爭雄。敢毅見而衝冠，鷙狠聞而擊節。冀將少助明主市駿骨、揖怒蛙之意也。若使羊能言，必將曰『若鬥不解，立有死者。』所賴至仁無殘，量力取勸焉。臣緣損足，未堪履地，謹遣男詣金明門奉進。」玄宗深悟其意，賜絹及雜綵一千匹。

【譯文】起初，張說擔任宰相時，玄宗想征討吐蕃，張說暗中上奏請求允許與吐蕃通好講和，來平息邊境的戰事，玄宗沒有聽從。等到瓜州失守，王君㚟戰死，張說因為獲得巂州鬥羊，上表獻給玄宗，來進行諷諭。他的《進州巂州鬥羊表》說：「臣聽說勇士戴雞冠帽，武人戴鶡尾冠，根據這類情況類推，臣獲得了這只鬥羊。它在遙遠的越巂出生，生性剛強果決，不回避強大的敵人，作戰不顧死活，它雖是小動物，但意志不可摧折。希望陛下在六郡選拔良家子弟，在四方尋求勇猛之士，飛鳥不隱匿才能，走獸不藏匿技巧。如果它能在皇家花園中展現奇效，在天子的校場上角力，它倒退鼓足氣勢，勇往直前奮力攻擊。它跳躍奔跑如奔雲相撞，相互撞擊如轉動的石頭相碰，骨折也要爭奪勝利，血濺出來也要稱雄，剛毅之士看見會怒髮衝冠，勇猛之人聽到會拍手稱快。希望它稍許有助於君王募求賢才、激勵勇士的鬥志的用意。假使羊能説話，一定會説『如果爭鬥不止，馬上就會有人死』。所幸陛下仁愛至極不會殘害生靈，量力而行進行勸勉罷了。臣因為腳有毛病，不能行走，謹派臣的兒子到金明門去進獻。」玄宗深深領悟了他的用意，賞賜他絹帛和各種絲織品一千匹。

十七年，復拜尙書左丞相、集賢院學士。尋代源乾曜爲尙書左丞相。視事之日，上敕所司供帳，設音樂，內出酒食，御製詩一篇以敍其事。尋以修謁陵儀注功，加開府儀同三司。時長子均爲中書舍人，次子垍尚寧親公主，拜駙馬都尉。又特授說兄慶王傅光爲銀青光祿大夫。當時榮寵，莫以爲比。

【譯文】開元十七年（729），玄宗又授任張說為尚書左丞相、集賢院學士，不久張說取代源乾曜擔任尚書左丞相。到任那天，玄宗下令有關部門供給他帳篷，設置音樂，宮中拿出酒食，玄宗還親筆寫了一首詩來記述這件事。不久張說因為修訂拜謁陵墓禮儀制度的功勞，被加授為開府儀同三司。當時他的長子張均擔任中書舍人，次子張垍娶寧親公主為妻，被授為駙馬都尉，玄宗又特地授予張說的哥哥慶王傅張光為銀青光祿大夫。當時張說受到的榮耀恩寵，沒有人能與他相比。

十八年，遇疾，玄宗每日令中使問疾，並手寫藥方賜之。十二月薨，時年六十四。上憯惻久之，遽於光順門舉哀，因罷十九年元正朝會。詔曰：

【譯文】開元十八年（730），張說生病，玄宗每天派宦官探問病情，並親手寫藥方賜給他。十二月張說去世，終年六十四歲。玄宗悲痛惋惜了很久，立即在光順門為他舉行哀悼儀式，因此停止了開元十九年（731）的元旦朝會，並頒佈詔令說：

弘濟艱難，參其功者時傑；經緯禮樂，贊其道者人師。式瞻而百度允厘，既往而千載貽範。台衡軒鼎，垂黼藻於當今；徽策寵章，播芳蕤於後葉。故開府儀同三司、尚書左丞相、集賢院學士知院事、上柱國、燕國公張說，辰象降靈，雲龍合契。元和體其沖粹，妙有釋其至賾。挹而莫測，仰之彌高。精義探繫表之微，英辭鼓天下之動。昔侍春誦，綢繆歲華。含春容之聲，叩而盡應；蘊泉源之智，啓而斯沃。授命興國，則天衢以通；濟用和民，則朝政惟允。司鈞總六官之紀，端揆爲萬邦之式。方弘風緯俗，返本於上古之初；而邁德振仁，不臻於中壽之福。於嗟不慭，既喪斯文。宣室餘談，泠然在耳；王殿遺草，宛留其跡。言念忠賢，良深震悼。是使當寧撫几，臨樂徹懸，罷稱觴之儀，遵往襚之禮。可贈太師，賜物五百段。

【譯文】幫助國家度過艱難，輔佐有功是當代的豪傑；規劃禮樂制度，贊助道義可謂是為人師表。他面對各種事情都處理得當令人瞻仰，他既往開來為後人留下了千年的典範。他身居高位，為當今的朝廷留下了精美的文采；受到恩寵殊榮，為後世留下了美好的聲譽。已故的開府儀同三司、尚書左丞相、集賢院學士知院事、上柱國、燕國公張說，就像天上的星宿降下神靈，他與帝王相處如同雲與龍一樣融洽。他天性沖和純粹，深妙地理解了玄理。他的思想深不可測，品行高不可攀。他精妙的義理能探究出系表之微言大義，他華美的文辭能鼓動天下人心。過去他侍奉朕時，經常待在一起。他的聲音悠揚洪亮，詢問他的事情都有回應；他的智慧如泉水般源源不斷，開啟澆灌朕的心靈。他接受國家的任命，使國家興旺發達，讓天衢大道暢通無阻；他運用才智使百姓和睦，讓朝政清明公正。他掌管權衡六官的事務，端正了朝廷的綱紀，成為萬國的楷模。他致力於改善風俗，使人們恢復到上古時期的淳樸；他施展德行、振興仁愛，但可惜不能享受到中年的福分。他不幸離世，我們已經失去了這樣一位有文化修養的君子。他留下的餘音，彷彿還在耳邊迴響；他在王殿中的遺留下來的筆跡，依然留存著他的風采。想到他這樣的忠賢之士，我內心深感悲痛。這使得我安撫幾案，停止音樂，撤去懸掛的樂器，停止舉杯祝賀的儀式，遵循送終的禮節。可以追贈他為太師，並賞賜五百段物品。

始玄宗在東宮，說已蒙禮遇。及太平用事，儲位頗危，說獨排其黨，請太子監國，深謀密畫，竟淸內難，遂爲開元宗臣。前後三秉大政，掌文學之任凡三十年。爲文俊麗，用思精密，朝廷大手筆，皆特承中旨選述，天下詞人，咸諷誦之。尤長於碑文墓誌，當代無能及者。喜延納後進，善用己長，引文儒之士，佐佑王化。當承平歲久，志在粉飾盛時。其封泰山，祠脽上，謁五陵，開集賢，修太宗之政，皆說爲倡首。而又敦氣義，重然諾，於君臣朋友之際，大義甚篤。時中書舍人徐堅自負文學，常以集賢院學士多非其人，所司供膳太厚，嘗謂朝列曰：「此輩於國家何益，如此虛費！」將建議罷之。說曰：「自古帝王功成則有奢縱之失，或興池臺，或玩聲色。今聖上崇儒重道，親自講論，刊正圖書，詳延學者。今麗正書院，天子禮樂之司，永代規模，不易之道也。所費者細，所益者大。徐子之言，何其隘哉！」玄宗知之，由是薄堅。說既遭訕鑠，罷知政事，專集賢文史之任，每軍國大事，帝遣中使先訪其可否。說嘗自製其父《贈丹州刺史鷺碑文》，玄宗聞之而御書其碑額賜之，曰「嗚呼，積善之墓」。有文集三十卷。太常謚議曰「文貞」，左司郎中陽伯成駮議，以爲不稱，工部侍郎張九齡立議，請依太常爲定，紛綸未決。玄宗爲說自製神道碑文，御筆賜謚曰文貞，由是方定。

【譯文】起初玄宗做太子時，張説就得到他的禮遇。等到太平公主掌權時，太子的地位很危險，只有張説獨自排除太平公主的黨羽，請求太子監理國事，他深思熟慮暗中籌畫，最終清除了內亂，於是成為開元年間的重臣。他前後三次執掌大政，掌管文學之職共三十年。他寫文章雄峻華麗，構思周詳，朝廷的重要檔案，都是他秉承玄宗的旨意撰寫的，天下的詞人，都誦讀他的文章。張說尤其擅長寫碑文、墓誌銘，當代沒有人比得上他。他喜歡招攬後進人才，善於利用自己的長處，引進擅長文學的讀書人，輔佐君王教化百姓，當時國家長治久安，他的志向在於粉飾太平盛世。玄宗在泰山封禪，在脽上祭祀后土，拜謁五陵，設置集賢院，修訂太宗時的政令，都是張說首先倡議的。而且他注重氣節道義，看重承諾，對於君臣朋友各種關係，都非常講信義。當時中書舍人徐堅自以為文學造詣很深，常常認為集賢院學士大多名不副實，有關部門供給他們的膳食太豐厚，曾對朝臣們說：「這些人對國家有什麼好處，這樣白白耗費錢財。」打算建議皇帝罷免他們。張說說：「自古帝王成就功業後，往往會有奢侈放縱的過失，有的興建池臺，有的玩物喪志、沉於聲色。如今聖上推崇儒學，重視道德教化，親自講習討論儒學經典，考訂刊正圖書，廣泛招攬學者。現在的麗正書院，是天子掌管禮樂的部門，這是長久的規模，不可更改的準則。它的耗費很小，獲益卻很大。徐堅的話，是多麼狹隘啊！」玄宗知道了這件事後，因此輕視徐堅。張說被譏諷貶損後，被罷免了知政事的職務，專門擔任集賢院修撰文史的職務，每當國家有大事，玄宗就派宦官先詢問他的意見看是否可行。張說曾親自撰寫他父親《贈丹州刺史騭碑文》，玄宗聽說後就親自書寫碑文的匾額賜給他，寫著「嗚呼，積善之墓」。張說有文集三十卷。太常寺為張說擬定的謚號是「文貞」，左司郎中陽伯成反駁這個謚號，認為不合適，工部侍郎張九齡提出意見，請求依照太常寺所擬定的謚號，議論紛紛沒有決定。玄宗為張說親自撰寫神道碑文，又御筆賜謚號叫為文貞，因此張說的謚號才最終確定。

均、垍俱能文，說在中書，兄弟已掌綸翰之任。居父憂服闋，均除戶部侍郎，轉兵部。二十六年，坐累貶饒州刺史。以太子左庶子徵，復爲戶部侍郎。九載，遷刑部尚書。自以才名當爲宰輔，常爲李林甫所抑。及林甫卒，依輔權臣陳希烈，期於必取。既而楊國忠用事，心頗惡之，罷希烈知政事，引文部侍郎韋見素代之，仍以均爲大理卿。均大失望，意常鬱鬱。祿山之亂，受僞命爲中書令，掌賊樞衡。李峴、呂諲條流陷賊官，均當大辟。肅宗於說有舊恩，特免死，長流合浦郡。

【譯文】張均、張垍都擅長寫文章，張說在中書省任職時，他們兄弟已經擔任撰寫朝廷詔令的職務了。為父親守喪期滿脫去喪服後，張均被授任為户部侍郎，後來轉任為兵部侍郎。開元二十六年（738），張均獲罪經過多次貶官後擔任饒州刺史，後被徵召為太子左庶子，又擔任户部侍郎。天寶九載（750），張均升任為刑部尚書。他自以為有才有名應當做宰相，但常被李林甫壓制。等到李林甫死後，他依附權臣陳希烈，認為一定能被任用為宰相。不久楊國忠掌權，心裏很厭惡他，於是罷免陳希烈知政事的職務，而引薦吏部侍郎韋見素接替他，仍然任用張均為大理卿。張均非常失望，心情常常鬱悶。安祿山叛亂時，他接受叛軍的任命擔任中書令，掌管叛軍的機密樞要。李峴、呂諲逐條上疏陷落叛軍的官員的罪狀，張均應當被判處死刑；但肅宗顧及張說的舊恩，因此特別赦免張均的死罪，將他長期流放到合浦郡。

垍以主婿，玄宗特深恩寵，許於禁中置內宅，侍爲文章，嘗賜珍玩，不可勝數。時兄均亦供奉翰林院，常以所賜示均。均戲謂垍曰：「此婦翁與女婿，非天子賜學士也。」天寶中，玄宗嘗幸垍內宅，謂垍曰：「希烈累辭機務，朕擇其代者，孰可？」垍錯愕未對。帝卽曰：「無逾吾愛婿矣。」垍降階陳謝。楊國忠聞而惡之。及希烈罷相，舉韋見素代，垍深觖望。天寶十三年正月，范陽節度使安祿山入朝。時祿山立破奚、契丹功，尤加寵異。祿山求帶平章事，下中書擬議。國忠進言曰：「祿山誠立軍功，然眼不識字，制命若行，臣恐四夷輕國。」玄宗乃止，加左僕射而已。及祿山還鎭，命中官高力士餞於滻坡。既還，帝曰：「祿山慰意否？」力士曰：「觀其深心鬱鬱，必伺知宰相之命不行故也。」帝告國忠，國忠曰：「此議他人不知，必張垍所告。」帝怒，盡逐張垍兄弟，出均爲建安太守，垍爲盧溪郡司馬，埱爲宜春郡司馬。歲中召還，再遷爲太常卿。

【譯文】張垍，因為是寧親公主的夫婿，玄宗對他特別恩寵，允許他在宮中設置內宅，侍奉玄宗撰寫文章，玄宗曾經賞賜給他的珍寶玩物，數不勝數。當時他的哥哥張均也在翰林院供奉，張垍常把皇帝賞賜的東西給張均看，張均開玩笑對張垍說：「這些是岳父賞賜給女婿的，不是天子賞賜給學士的。」天寶年間，玄宗曾到張垍的內宅，對張垍說：「陳希烈多次辭去機務要職，朕要選擇替代他的人，誰可以呢？」張垍驚愕沒有回答，玄宗立刻說：「沒有人比我的愛婿更合適了。」張垍下階感謝。楊國忠聽說後憎恨他，等到陳希烈被罷免宰相時，就推舉韋見素接替，張垍非常失望。天寶十三年（754）正月，范陽節度使安祿山入朝。當時安祿山有打敗奚、契丹的功勞，玄宗對他特別寵信。安祿山請求兼任平章事，玄宗下令中書省擬議。楊國忠進言說：「安祿山確實立下了軍功，但他眼睛不識字，如果發佈這樣的任命，臣下擔心四方的夷族會輕視朝廷。」玄宗於是作罷，只加授安祿山為左僕射。等到安祿山返回范陽，玄宗命令宦官高力士在滻坡為他餞行。安祿山回來後，玄宗問：「安祿山滿意嗎？」高力士說：「看安祿山悶悶不樂，一定是因為得知宰相的任命沒有實行。」玄宗告訴了楊國忠，楊國忠說：「這個議論別人不知道，一定是張垍告訴他的。」玄宗大怒，把張垍兄弟全部驅逐。把張均貶到地方擔任建安太守，把張垍貶為盧溪郡司馬，把張埱貶為宜春郡司馬。同年將他們召回，又將張垍升任為太常卿。

祿山之亂，玄宗幸蜀，宰相韋見素、楊國忠、御史大夫魏方進等從，朝臣多不至。次咸陽，帝謂高力士曰：「昨日蒼黃離京，朝官不知所詣，今日誰當至者?」力士曰：「張垍兄弟世受國恩，又連戚屬，必當先至。房琯素有宰相望，深爲祿山所器，必不此來。」帝曰：「事未可料。」是日琯至，帝大悅，因問均、垍。琯曰：「臣離京時，亦過其舍，比約同行，均報云『已於城南取馬』，觀其趣向，來意不切。」既而均弟兄果受祿山僞命。垍與陳希烈爲賊宰相，垍死於賊中。（《舊唐書》卷九十七。）

【譯文】安祿山叛亂，玄宗逃往蜀地，宰相韋見素、楊國忠、御史大夫魏方進等人跟從，朝廷大臣大多沒有跟去。在咸陽駐紮時，玄宗對高力士說：「昨天倉促離京，朝廷官員不知道到哪里去了，今天誰會到來呢？」高力士說：「張垍兄弟世世代代蒙受國恩，又與皇室聯姻，一定會先到來。房琯一向有宰相的名望，很被安祿山器重，一定不會來。」玄宗說：「這件事情難以預料。」當天，房琯到了，玄宗非常高興，於是詢問張均、張垍的情況，房琯說：「臣離開京城時，也路過他們的住處，與他們約好同行，張均回答說『已經在城南牽馬了』。看他們的意向，好像沒有迫切前來的意思。」不久張均兄弟果然接受了安祿山的任命，張垍與陳希烈做了叛軍的宰相，後來張垍死在叛軍之中。

附錄三：張說軼事選

一、張說母夢有一玉燕自東南飛來，投入懷中而有孕，生說。果爲宰相，其至貴之祥也。（五代王仁裕《開元天寶遺事》卷上。）

【譯文】張說的母親夢見有一只玉燕從東南方向飛來，飛入她的懷中後，她便懷孕了，後來生下了張說。張說後來果然成為了宰相，這是他極為尊貴的吉兆啊。

二、燕公說之少也，元懷景知其必貴，嫁女與之。

後張至宰相，其男女數人婚姻榮盛，男尙公主，女爲三品夫人。（唐代呂道生《定命録》。）

【譯文】燕國公張説在年輕的時候，元懷景就看出他將來必定顯貴，於是把女兒嫁給了他。後來，張説果然官至宰相，他的子女們也都婚姻美滿、榮耀顯赫。他的兒子娶了公主為妻，女兒成為三品夫人。

三、則天初革命，大搜遺逸，四方之士應制者向萬人。則天御雒陽城南門，親自臨試。張説對策爲天下第一。則天以近古以來未有甲科，乃屈爲第二等。其警句曰：「昔三監翫常，有司旣糾之以猛；今四罪咸服，陛下宜計之以寬。」拜太子校書。仍令寫策本於尙書省，頒示朝集及蕃客等，以光大國得賢之美。（唐代劉肅《大唐新語》卷十八。）

【譯文】武則天改唐為周稱帝時，大力搜羅遺落的人才，全國各地回應招募的士子有近萬人。武則天親臨洛陽城南門，親自監督考試。張說在對策考試中名列第一。但是，由於武則天認為近代以來從未有人得過甲等，於是將張說的成績屈居為第二等。張說曾寫有警句：「過去三監（指管叔、蔡叔、霍叔）因沉溺於常規而犯錯，有關部門已經用嚴厲的手段來糾正他們；現在四個罪人（古指共工、鯀、歡兜、三苗）都已服罪，陛下您應該考慮用寬容的方式來治理。」張說因此被授任太子校書。武則天還命令將張說的對策原稿寫在尚書省，頒發給朝見聚會的官員以及外國使節等，以此來彰顯大唐得到賢才的美好。

四、魏元忠以摧辱二張，反爲所搆，云結少年欲奉太子。則天大怒，下獄劾之，易之引張說爲證，召大臣，令元忠與易之、說等定是非。說佯氣逼不應。元忠懼，謂說曰：「張說與易之共羅織魏元忠耶?」說叱曰：「魏元忠爲宰相，而有委巷小兒羅織之言，豈大臣所謂?」則天又令說言元忠不軌狀，說曰：「臣不聞也。」易之遽曰：「張說與元忠同逆。」則天問其故，易之曰：「說往時謂元忠居伊、周之地。臣以伊尹放太甲，周公攝成王之位，此其狀也。」說奏曰：「易之、昌宗大無知!所言伊周，徒聞其語耳，詎知伊、周爲臣之本末。元忠初加拜命，授紫綬，臣以郎官拜賀。元忠曰：『無尺寸之功而居重任，不勝畏懼。』臣曰：『公當伊、周之任，何愧三品。』然伊、周歷代書爲忠臣，陛下不遣臣學伊、周，使臣將何所學?」說又曰：「易之以臣宗室，故託爲黨。然附易之有台輔之望，附元忠有族滅之勢。臣不敢面欺，亦懼元忠冤魂耳。」遂焚香爲誓。元忠免死，流放嶺南。（唐代劉肅《大唐新語》卷四。）

【譯文】魏元忠因為得罪了二張兄弟（張易之和張昌宗），反而被他們誣陷，稱他勾結年輕人想要擁立太子。武則天大為震怒，將魏元忠下獄審問。張易之拉張說作證，並召集大臣們，讓魏元忠與張易之、張說等人對質以分辨是非。張說假裝因為氣憤而說不出話來。魏元忠十分害怕，對張說說：「張說，你也要和張易之一起羅織罪名來陷害魏元忠我嗎？」張說大聲斥責道：「魏元忠身為宰相，怎能說出這種市井小兒才用的羅織罪名的話呢？這豈是大臣應有的行為？」武則天又讓張說講述魏元忠不軌的行為，張說回答：「我沒聽說過。」張易之急忙說：「張說和魏元忠共同謀逆。」武則天詢問原因，張易之說道：「張說以前說過魏元忠擔任著伊尹、周公一樣的職位。我以伊尹放逐太甲、周公代理成王之事來解釋，這就是他所謂的『不軌』的證據。」

張說上奏道：「張易之、張昌宗真是太無知了！他們所說的伊尹、周公，只是聽說過這兩個名字而已，哪里知道伊尹、周公作為臣子的本末緣由。魏元忠剛被任命時，被授予紫色的綬帶，我以郎官的身份前去祝賀。魏元忠說：『我沒有立下一點功勞卻擔任如此重任，心裏十分害怕。』我說：『您承擔著伊尹、周公一樣的重任，怎麼會愧對這三品官職呢？』然而，伊尹、周西歷代都被史書記載為忠臣，陛下不讓我學習伊尹、周公，那臣下該去學習誰呢？」張說又說：「張易之因為我與宗室有親，所以假託我為同黨。但是，如果依附張易之，就有希望得到宰相的職位；如果依附魏元忠，則有滅族的危險。我不敢當面欺騙陛下，也是害怕魏元忠的冤魂罷了。」張說於是焚香發誓。最終，魏元忠被免於死刑，但被流放嶺南。

五、長安三年，張易之、昌宗欲作亂，將圖皇太子，遂譖御史大夫、知政事魏元忠。昌宗奏言：「可用鳳閣舍人張說爲證。」說初不許，遂賂以高官，說被逼迫，乃僞許之。昌宗乃奏：「元忠與太平公主所寵司禮丞高戩交通密謀，構造飛語曰：『主上老矣，吾屬當挾皇太子，可謂耐久。』」時則天春秋高，惡聞其語。鳳閣侍郎宋璟恐說阿意，乃謂曰：「大丈夫當守死善道。」殿中侍御史張廷珪又謂曰：「朝聞道，夕死可矣。」起居郎劉知幾又謂曰：「無污青史，爲子孫累。」

明日，上引皇太子、相王及宰相等於殿廷，遣昌宗與元忠、高戩對於上前。上謂曰：「具述其事。」說對曰：「臣今日對百寮，請以實録。」因厲聲言：「魏元忠實不反，總是昌宗令臣誣枉耳。」是日，百寮震懼。上聞說此對，謂宰相曰：「張說傾巧，翻覆小人，且總收禁，待更勘問。」異日，又召，依前對問。昌宗乃屢誘掖逼促之，說視昌宗言曰：「乞陛下看取，天子前尚逼臣如此。況元忠實無反語，奈何欲令臣空虛加誣其罪!

今大事去矣，伏願記之。易之、昌宗必亂社稷。」天后默然，令所司且收禁。掌諫議大夫、知政事朱敬則密表奏曰：「魏元忠素稱忠正，張說又所坐無名，俱令抵罪，恐失天下之望，願加詳察。」乃貶元忠爲高要尉，說流欽州。

時人議曰：昌宗等包藏禍心，遂與說計議，欲擬謀害大臣。宋璟等知說巧詐，恐損良善，遂與之言，令其內省。向使說元來不許昌宗虛證元忠，必無今日之事，乃是自招其咎。賴識通變，轉禍爲福，不然，皇嗣殆將危矣。

後數年，說拜黃門侍郎，同中書門下平章事，因至史館，讀則天實録，見論證對元忠事，乃謂著作佐郎兼修國史吴兢曰：「劉五修實録，劉五即子玄也。論魏齊公事，殊不相饒假，與說毒手。」當時說驗知是吴兢書之，所以假託劉子玄。兢從容對曰：「是兢書之，非劉公修述，草本猶在。其人已亡，不可誣枉於幽魂，令相公有怪耳。」同修史官蘇、宋等見兢此對，深驚異之，乃歎曰：「昔董狐古之良史，即今是焉。」

說自後頻祈請刪削數字，兢曰：「若取人情，何名爲直筆。」（宋代王溥《唐會要》卷六十四。）

【譯文】長安三年（703），張易之和張昌宗意圖作亂，計畫加害皇太子，於是誣陷御史大夫、知政事魏元忠。張昌宗上奏說：「可以用鳳閣舍人張說作為證人。」張說起初不肯答應，張昌宗便用高官厚祿誘惑他。張說在逼迫之下，只好假意應允。張昌宗隨即上奏：「魏元忠與太平公主所寵信的司禮丞高戩勾結密謀，散播流言蜚語說：『皇上年事已高，我們應當挾持皇太子，這樣才能長久。』」當時武則天年事已高，厭惡聽到這樣的話。鳳閣侍郎宋璟擔心張說會曲意奉承，便對他說：「大丈夫應當堅守正道，至死不渝。」殿中侍御史張廷珪也對他說：「早上得知真理，晚上死去也心甘。」起居郎劉知幾則告誡他：「不要玷污青史，給子孫留下罵名。」

第二天，武則天召見皇太子、相王以及宰相等人，在殿廷上，讓張昌宗與魏元忠、高戩在武則天面前對質。武則天對他們說：「把事情原原本本地說出來。」張說回答說：「我今天在百官面前，請求以事實為依據。」接著他提高聲音說道：「魏元忠確實沒有謀反，完全是張昌宗讓我誣陷他。」當天，百官都震驚恐懼。武則天聽到張說這樣的回答，對宰相說：「張說狡詐，是個反復無常的小人，暫且將他收監，等進一步審問。」他日，武則天又召見他們，依舊進行審問。張昌宗多次引誘、慫恿、逼迫張說，張說看著張昌宗說：「請陛下看看，在天子面前他還這樣逼迫我。況且魏元忠確實沒有謀反的話，怎能讓我憑空加罪於他！現在大事不妙了，希望陛下記住我的話。張易之和張昌宗一定會禍亂國家。」武則天沉默不語，下令有關部門將張說暫時收監。掌諫議大夫、知政事朱敬則暗中上表奏報說：「魏元忠一向以忠誠正直著稱，張說又沒有什麼罪名，如果都讓他們獲罪，恐怕會失去天下的期望，希望陛下詳加考察。」於是，武則天將魏元忠貶為高要尉，將張說流放欽州。

當時人們議論說：張昌宗等人包藏禍心，於是與張說商議，想要圖謀加害大臣。宋璟等人知道張說善於巧言欺騙，擔心他會損害善良的人，於是對他進行規勸，讓他反省自己。如果張說當初不答應張昌宗虛假作證陷害魏元忠，就一定不會有今天這樣的事情，這完全是他咎由自取。幸虧他識時務，轉禍為福，不然的話，皇嗣就危險了。

幾年後，張說被任命為黃門侍郎，同中書門下平章事。他到史館時，讀到武則天朝的實錄，看到關於他論證對質魏元忠的事情，便對著作佐郎兼修國史吳兢説：「劉五修實錄，劉五就是劉子玄，他論述魏齊公的事情，一點也不留情面，給我下了毒手。」當時張説知道是吳兢寫的，所以假託是劉子玄。吳兢從容回答説：「是我寫的，不是劉公修訂的，草稿還在。那個人已經死了，不能冤枉他的靈魂，讓相公您見怪了。」同修史官蘇、宋等人看到吳兢這樣的回答，深感驚訝，於是感歎説：「從前董狐是古代的良史，現在吳兢就是這樣的人啊。」張説後來多次請求刪去幾個字，吳兢説：「如果迎合人情，那還算是直筆著史嗎。」

六、唐崔湜，弱冠進士登科。不十年，掌貢舉，遷兵部。……後三登宰輔，年始三十六。崔之初執政也，方二十七，容止端雅，文詞清麗。嘗暮出端門，下天津橋，馬上自吟：「春遊上林苑，花滿洛陽城。」

張說時爲工部侍郎，望之杳然而嘆曰：「此句可效，此位可得，其年不可及也。」（宋代《太平廣記》卷四百九十四。）

【譯文】唐朝崔湜，年僅弱冠便進士登科。不到十年，他便負責貢舉事務，後又升任兵部官員。……後來，他三次官至宰相，那時他才僅僅三十六歲。他剛開始執政時，年僅二十七歲，他儀容舉止端莊高雅，文采辭藻清新華麗。有一次，他在傍晚時分走出端門，走下天津橋，在馬背上自吟道：「春遊上林苑，花滿洛陽城。」當時張說擔任工部侍郎，遠遠望見這一幕，不禁長歎道：「這樣的詩句我可以模仿，這樣的職位我也可以得到，但這樣的年齡有這樣的雅致卻是無法企及的啊。」

七、景雲二年二月，睿宗謂侍臣曰：「有術士上言，五日內有急兵入宮，卿等爲朕備之。」左右失色，莫敢對。張説進曰：「此有讒人設計，擬摇動東宮耳。陛下若使太子監國，則君臣分定，自然窺覦路絶，災難不生。」姚崇、宋璟、郭元振進曰：「如説所言。」睿宗大悦，卽日詔皇太子監國。（唐代劉肅《大唐新語》卷一。）

【譯文】景雲二年（711）二月，唐睿宗對侍奉在側的臣子們説：「有術士上報説，五日內會有緊急的兵馬闖入宮中，你們要為朕做好準備。」左右大臣聽後都變了臉色，沒有人敢回答。張説上前説道：「這是有奸臣在暗中策劃，企圖動搖太子的地位。陛下如果讓太子監國，那麼君臣的名分就確定了，自然就能斷絕那些窺視和覬覦的念頭，災難也就不會產生。」姚崇、宋璟、郭元振也上前附和道：「正如張説所説。」

睿宗聽後非常高興，當天就下詔讓皇太子監國。

八、玄宗之在東宮，爲太平公主所忌，朝夕伺察，纖微聞於上；而宮闈左右亦潛持兩端，以附太平之勢。時元獻皇后得幸，方娠，玄宗懼太平，欲令服藥除之，而無可與語者。張說以侍讀得進太子宮中，玄宗從容謀及說，說亦密贊其事。他日，說又入侍，因懷去胎藥三煮劑以獻。玄宗得其藥，喜，盡去左右，獨搆火殿中，煮未及熟，怠而假寐。肸蠁之際，有神人長丈餘，身披金甲，操戈繞藥三匝，煮盡覆而無遺焉。玄宗起視，異之，復增火，又投一劑，煮于鼎中，因就榻瞬目以候之，而見神覆煮如初。凡三煮皆覆，乃止。明日，說又至，告其詳。說降階拜賀曰：「天所命也，不可去。」厥後，元獻皇后思食酸，玄宗亦以告說。說每因進經，輒袖木瓜以獻。故開元中，說恩澤莫之與比；肅宗之於說子均、垍，若親戚昆弟云。〔柳〕芳本張說所引，說嘗自陳述，與力士詞協也。（宋代《太平廣記》卷一百三十六。）

【譯文】唐玄宗還是太子時，受到太平公主的忌憚，太平公主日夜監視他，並把他的任何細微舉動都報告給皇上；而皇宮中的人也暗地裏首鼠兩端，以依附太平公主的勢力。當時，元獻皇后正受寵幸，並已懷孕，唐玄宗害怕太平公主會因此對他不利，想要讓她服用藥物打掉胎兒，但又找不到可以商量的人。張說因為是侍讀得以進入太子宮中，唐玄宗從容地與他商議此事，張說也祕密地輔助實現這個計畫。有一天，張說又入宮侍奉，於是懷揣著三份墮胎藥進宮獻給唐玄宗。唐玄宗得到藥物後，非常高興，支走了身邊所有的人，獨自在殿中生火，但藥還沒煮熟，他就疲倦地打起盹來。在似睡非睡之際，他隱約看到一個身高一丈多的神人，身披金甲，手持長戈繞著藥鍋轉了三圈，結果藥煮完後全部翻倒灑盡，一點不剩。唐玄宗醒來一看，覺得非常奇怪，又加了火，再投下一劑藥到鼎中煮，然後回到榻上閉眼等待，又看到神人如前一樣把藥翻倒煮盡。這樣連續煮了三劑，結果都是一樣，於是作罷。第二天，張說又來，唐玄宗告訴了他事情的詳細經過。張說走下臺階，跪拜祝賀說：「這是天意，孩子不能打掉。」後來，元獻皇后想吃酸的，唐玄宗也告訴了張說。張說每次進講經書時，都偷偷帶著木瓜獻給皇后。所以在開元年間，張說受到的恩寵和待遇無人能比；唐肅宗對待張說的兒子張均、張垍，就像對待親戚兄弟一樣。柳芳原本是張說提拔的，張說曾親自陳述過，這與高力士的說法是一致的。

九、開元初，玄宗詔太子賓客元行沖修魏徵撰次《禮記疏》，擬行之於國學。及成，奏上之。中書令張說奏曰：「今上《禮記》，是戴聖所編。歷代傳習，已向千載，著爲經教，不可刊削。至魏，孫炎始改舊本，以類相比，有同鈔書，先儒所非，竟不行用。貞觀中，魏徵因炎舊書，更加釐正，兼爲之注。先朝雖加賜賚，其書亦竟不行。今行沖勒成一家，然與先儒義乖，章句隔絕。若欲行用，竊恐未可。」詔從之，留其書於內府，竟不頒下。時議以爲說之通識過於魏徵。（唐代劉肅《大唐新語》卷七。）

【譯文】開元初年，唐玄宗下令太子賓客元行沖修訂魏徵編纂的《禮記疏》，打算在國學中推行。修訂完成後，元行沖上奏了此書。中書令張説上奏説：「現在呈上的《禮記》，是戴聖所編纂的。歷代傳承學習，已經將近一千年，它作為經典教義，不可删改。到了魏朝，孫炎開始改編舊本，將內容按類別相互比較，類似於抄書，先儒們對此持否定態度，所以最終沒有被採用。

貞觀年間，魏徵依據孫炎的舊書，又進行了進一步的整理校正，並為其加注。先朝雖然給予了他賞賜，但他的書也最終沒有被推行。現在元行沖自成一家之言，但與先儒的義理相違背，章節句子也相互隔絕。如果想要推行使用，我私下認為恐怕不可行。」唐玄宗下詔採納了張說的意見，將此書留在內府，最終沒有頒佈下去。當時人們議論認為張說的見識超過了魏徵。

十、姚崇爲相，忽一日對於便殿，舉左足不甚輕利。上曰：「卿有足疾耶?」崇曰：「臣有腹心之疾，非足疾也。」因前奏張說罪狀數百言，上怒曰：「卿歸中書，宜宣與御史中丞共按其事。」而說未之知，會朱衣吏報午後三刻，說乘馬先歸。崇急呼御史中丞李林甫以前詔付之。林甫語崇曰：「說多智謀，是必困之，宜以劇地。」崇搆曰：「丞相得罪，未宜太偪。」林甫曰：「公必不忍耶!說當無害。」林甫正將詔付於御史，中路以馬墜告假。說之未遭崇搆也，前旬月有教授書生私通於侍婢最寵者，會擒得奸狀以聞於說，說怒甚，將窮獄於京兆尹。書生厲聲曰：「覩色不能禁，亦人之常情也。公貴爲相，豈無緩急有用人乎？靳於一婢女耶！」說奇其言而釋之，以侍兒與歸。書生一跳跡去，旬月餘無所聞知。

忽一日直訪於說，憂色滿面，且言：「某感公之恩，思有謝者久之。今方聞公爲姚相國所搆，外獄將具，公不知之，危將至矣。某願得公平生所寶者，用計於九公主，必能立釋之。」說因自歷指狀所寶之物，書生告云：「未足解公之難。」又凝思久之，忽曰：「近有雞林郡夜明簾爲寄信者。」書生曰：「吾事濟矣。」因請手札數行，懇以情言，遂急趍出，逮夜始及九公主邸第，書生具以說旨言之，兼用簾爲贄。且請公主曰：「上獨不念在東宮時思必始終恩加張丞相乎？而今反用快不利張丞相之心耶？」明旦公主入謁，具爲奏之。上感動，急命高力士就御史臺宣前所按事並宜罷之。書生亦不再見張丞相矣。（唐代李濬《松窗雜錄》。)

【譯文】姚崇擔任宰相時，忽然有一天在便殿對策，他抬起左腳，顯得不太靈活。唐玄宗問：「你腳上有病嗎？」姚崇回答說：「我有心腹之患，不是腳疾。」接著，他上前奏報了張說數百言的罪狀。唐玄宗生氣地說：「你回中書省，應該宣佈與御史中丞共同審查此事。」而張說對此一無所知，恰好此時有穿紅衣的官吏來報時，說是午後三刻，張說便騎馬先回去了。姚崇急忙叫來御史中丞李林甫，把先前的詔書交給他。李林甫對姚崇說：「張說智謀很多，這一定會讓他陷入困境，最好給他安排一個棘手的地方。」姚崇構思了一下說：「丞相獲罪，不宜太逼迫他。」李林甫說：「您難道不忍心嗎？張說不會有事的。」李林甫正要把詔書交給御史，卻在半路上因馬墜而請假。在張說還沒有被姚崇構陷之前，十數月前有個教書的書生與他最寵愛的侍婢私通，恰好被抓到姦情並報告給了張說。張說非常生氣，打算在京兆尹處嚴辦此事。書生高聲說道：「看到美色不能克制，也是人之常情。您貴為宰相，難道沒有緊急時刻能用的人嗎？何必吝嗇一個婢女呢！」張說覺得他的話很奇特，便釋放了他，還把侍婢賜給了他。書生一跳就離開了，十數月都沒有消息。

忽然有一天，書生直接來找張說，滿臉憂慮，說：「我感激您的恩情已經很久了，一直想報答您。現在聽說您被姚宰相構陷，外面的案子即將定案，您還不知道，危險即將來臨。我願意用您平生所珍視的東西，通過九公主來想辦法，一定能立刻讓您獲釋。」張說於是自己一一指出他所珍視的財物，書生告訴他說：「這些都不足以解救您的危難。」又沉思很久，忽然說：「最近有人送我一副雞林郡的夜明簾作為信物。」書生說：「我的事情能成功了。」於是請求張說親手寫幾行字，懇切地表達情感，然後就急忙出去了。到了夜裏，他才趕到九公主的府邸，書生把張說的主要意思都說了，並且用夜明簾作為禮物。他請求公主說：「皇上難道不念及在東宮時張丞相始終如一地施加恩德嗎？而現在反而要滿足姚丞相加害張丞相的心願嗎？」第二天早上，公主入宮拜見唐玄宗，詳細地把事情奏報了。唐玄宗被感動了，急忙命令高力士到御史臺宣佈停止審查先前所調查的事情。書生也再也沒有見過張丞相。

十一、張說之謫岳州也，常鬱不樂。時宰以說機辨才略，互相排擯。蘇頲方當大用，而張說與瓌相善，張因爲《五君詠》，致書，封其詩以遺頲，戒其使曰：「候忌日近暮送之。」使者旣至，因忌日齎書至頲門下。會積陰累旬，近暮，弔客至，多說先公寮舊。頲因覽詩，嗚咽流涕，悲不自勝。翌日，乃上封事，陳說忠貞謇諤，嘗勤勞王室，亦人望所屬，不宜淪滯於遐方。上乃降璽書勞問，俄而遷荊州長史。陸象先、韋嗣立、張廷珪、賈曾，皆以讜逐歲久，因加甄收。頲常以說父之執友，事之甚謹，而說重其才器，深加敬慕焉。（唐代鄭處誨《明皇雜録》卷下。）

【譯文】張説被貶到岳州時，常常心情抑鬱，悶悶不樂。當時的宰相因為張説機智善辯、有謀略，而相互排擠他。蘇頲當時正受到重用，而張説與蘇頲的父親蘇瓌關係很好。於是，張説寫了《五君詠》，並寫了一封信，把詩封裝好送給蘇頲，還叮囑送信的人説：「等快到忌日傍晚的時候再送過去。」送信的人到了蘇頲家，在忌日那天帶著書信來到門下。正好碰上連續多日的陰天，接近傍晚時分，弔唁的客人陸續到來，大多是張說蘇瓌生前的同事和舊友。蘇頲於是閱讀張說的詩，嗚咽流淚，悲傷得不能自已。第二天，他就上密封的奏章，陳述張說忠誠正直、敢於直言進諫，曾經為王室勤勉效力，也是眾人所期望的人才，不應該被貶到偏遠的地方。唐玄宗於是降下詔書慰問張說，不久就將他升任為荊州長史。陸象先、韋嗣立、張廷珪、賈曾等人，都因為被貶多年，此時也得到了提拔和重用。蘇頲一直把張說當作他父親的老朋友一樣對待，對他非常恭敬，而張說也看重蘇頲的才能和器量，對他深表敬慕。

十二、姚元崇與張說同爲宰輔，頗疑阻，屢以其相侵，張銜之頗切。姚旣病，誡諸子曰：「張丞相與我不叶，釁隙甚深。然其人少懷奢侈，尤好服玩，吾身歿之後，以吾嘗同寮，當來弔。汝其盛陳吾平生服玩寶帶重器，羅列於帳前，若不顧，汝速計家事，舉族無類矣；目此，吾屬無所虞，便當録其玩用，致於張公，仍以神道碑爲請。既獲其文，登時便寫進，仍先礱石以待之，便令鐫刻。張丞相見事遲於我，數日之後當悔，若卻徵碑文，以刊削爲辭，當引使視其鐫刻，仍告以聞上訖。」姚既歿，張果至，目其玩服三四，姚氏諸孤，悉如教誡。不數日文成，敘述該詳，時爲極筆。其略曰：「八柱承天，高明之位列；四時成歲，亭毒之功存。」後數日，張果使使取文本，以爲詞未周密，欲重爲删改。姚氏諸子仍引使者示其碑，乃告以奏御。使者復命。悔恨拊膺，曰：「死姚崇猶能算生張說，吾今知才之不及也遠矣。」（唐代鄭處誨《明皇雜録》卷上。）

【譯文】姚元崇與張説同為宰輔，兩人之間

頗有嫌隙，姚元崇曾多次侵擾張說，張說對此懷恨在心。當姚元崇病重時，他告誡諸子說：「張丞相與我關係不和，矛盾很深。然而他這個人有些奢侈，特別喜歡服飾和玩物。我死後，由於我們曾同為朝臣，他一定會來弔唁。你們到時候要把我一生收藏的服飾玩物、寶帶重器，都陳列在靈帳前。如果他對這些視若無睹，你們就要立即籌畫家事，因為全族恐怕都要遭殃了；但如果他看了這些，我們就沒有什麼可擔心的了，你們就應當記好這些東西，把這些玩物送給他，並請他為我撰寫神道碑文。拿到碑文後，你們要立即抄寫進呈給皇上，並預先準備好磨光的石碑，以便立即篆刻。張丞相在事情上的反應比我慢，過幾天他一定會後悔。如果他想要回碑文，以需要刪改為藉口，你們就領他去看已經刻好的石碑，並告訴他已經呈報給皇上了。」姚元崇去世後，張説果然前來弔唁，只是稍微看了看那些玩物服飾。姚家的孤兒們都按照父親的遺囑行事。沒過幾天，碑文就寫成了，敘述詳盡，當時被認為是非常精彩的文章。碑文寫有：「八柱承天，高明之位列；四時成歲，亭毒之功存。」過了幾天，張説派使者來取碑文的底稿，説辭藻還不夠周密，想要重新刪改。姚家的兒子們就領使者去看已經刻好的石碑，並告訴他已經呈報給皇上。使者回去復命後，張説懊悔不已，拍著胸口説：「死去的姚崇還能算計活著的張説我，我現在才知道自己在才能上遠遠不如他。」

十三、燕國公張說，倖佞人也。前爲幷州刺史，諂事特進王毛仲，餉致金寶不可勝數。後毛仲巡邊，會說於天雄軍大設，酒酣，恩敕忽降，授兵部尚書、同中書門下三品。說謝訖，便把毛仲手起舞，嗅其鞾鼻。（唐代张鷟《朝野僉載》卷五。）

【譯文】燕國公張説，是個善於逢迎諂媚的人。他之前擔任並州刺史時，極力巴結特進王毛仲，贈送的金銀財寶數不勝數。後來王毛仲巡視邊疆，張説在天雄軍為他設下盛大的宴席。酒興正濃時，皇帝的恩詔突然降臨，任命張説為兵部尚書、同中書門下三品。張説謝恩完畢後，便拉著王毛仲的手起舞，還湊近去嗅王毛仲靴幫足尖處的凸出部分。

十四、玄宗朝，張說爲麗正殿學士，常獻詩曰：「東壁圖書府，西垣翰墨林。諷詩關國體，講《易》見天心。」玄宗深佳賞之，優詔答曰：「得所進詩，甚爲佳妙。風雅之道，斯焉可觀。並據才能，略爲贊述，具如別紙，宜各領之。」玄宗自於彩箋上八分書說贊曰：「德重和鼎，功逾濟川。詞林秀發，翰苑光鮮。」其徐堅已下，並有贊述，文多不盡載。（唐代劉肅《大唐新語》卷八。)

【譯文】唐玄宗時期，張說擔任麗正殿學士，他常常進獻詩歌，曾寫道：「東壁圖書府，西垣翰墨林。諷詩關國體，講《易》見天心。」唐玄宗對這首詩非常歎賞，特意下詔回復說：「收到你所進獻的詩歌，寫得非常精妙。風雅之道，在你的詩中得到了很好的體現。根據你展現的才能，我稍微為你作了一些贊述，具體內容見另紙，你們各自領受吧。」唐玄宗親自在彩色箋紙上用八分書寫了對張說的讚語：「德重和鼎，功逾濟川。詞林秀發，翰苑光鮮。」從徐堅以下等人也都有贊述之詞，文章太多這裏不能全部記載。

十五、開元中，陸堅爲中書舍人，以麗正學士或非其人，而所司供擬過爲豐贍，謂朝列曰：「此亦何益國家，空致如此費損。」將議罷之。張說聞之，謂諸宰相曰：「說聞自古帝王，功成則有奢縱之失，或興造池臺，或躭玩聲色。聖上崇儒重德，親自講論，刊校圖書，詳延學者。今之麗正，卽是聖主禮樂之司，永代規模不易之道。所費者細，所益者大。陸子之言，爲未達也。」玄宗後聞其言，堅之恩眄，從此而減。（唐代劉肅《大唐新語》卷一。）

【譯文】開元年間，陸堅（或是徐堅）擔任中書舍人，他認為麗正殿學士的選拔並非都合適，而且有關部門提供的待遇和供應過於豐厚，便對朝中同僚說：「這對國家有什麼好處呢？只是白白浪費這麼多錢財。」他打算提議廢除這制度。張説聽到這個消息後，對各位宰相說：「我聽說自古以來，帝王在功成之後往往會有奢侈放縱的過失，有的大興土木建造池臺樓閣，有的沉迷於聲色之中。而當今聖上崇尚儒學，重視道德，親自講學討論，編纂整理圖書，廣泛延請學者。現在的麗正殿，就是聖上管理禮樂的重要機構，是長久不變的國家制度。所花費的不過是些小錢，但所帶來的益處卻是巨大的。陸堅的話，顯然是沒有看透這一點。」唐玄宗後來聽到了張說的話，對陸堅的聖恩眷顧，從此有所減少。

十六、張說拜集賢學士，於院廳讌會，舉酒，說推讓不肯先飲，謂諸學士曰：「學士之禮，以道義相高，不以官班爲前後。說聞高宗朝修史學士有十八九人，時長孫太尉以元舅之尊，不肯先飲，其守九品官者亦不許在後，乃取十九杯一時舉飲。長安中，說修《三教珠英》，當時學士亦高卑懸隔，至於行立前後，不以品秩爲限也。」遂命數杯一時同飲，時議深賞之。（唐代劉肅《大唐新語》卷七。）

【譯文】張説被任命為集賢學士後，在集賢院的廳堂裏舉行宴會。在舉杯飲酒時，張説推辭不肯先喝，他對各位學士説：「學士之間的禮儀，是以道義的高低來相互尊重，而不是以官職的大小來決定先後順序。我聽説在高宗朝修撰史書時，有十八九位學士，當時長孫太尉雖然是皇帝的舅舅，地位尊貴，但他不肯先喝，而那些擔任九品官職的學士也不允許落在後面，於是他們便取了十九杯酒，同時舉杯共飲。長安年間，我參與修撰《三教珠英》時，當時的學士也是地位高低懸殊，但在行走站立的前後順序上，並不以品級的高低為限制。」於是，張説命令大家同時舉杯共飲數杯，這一舉動在當時受到了人們的廣泛讚賞。

十七、玄宗將封禪泰山，張說自定升山之官，多引兩省工録及己之親戚。中書舍人張九齡言於說曰：「官爵者，天下之公器，德望爲先，勞舊爲次。若顛倒衣裳，則譏議起矣。今登封沛澤，千載一遇，清流高品不沐殊恩，胥吏末班先加章紱，但恐制出之後，四方失望。今進草之際，事猶可改。」說曰：「事已決矣。悠悠之談，何足慮也。」果爲宇文融所劾。（唐代劉肅《大唐新語》卷三。）

【譯文】唐玄宗準備前往泰山舉行封禪大典，張說在確定陪同登山的官員名單時，大量援引了中書省、門下省兩省主書、錄事和自己的親戚。中書舍人張九齡對張說說：「官爵是國家的公器，應該以品德和聲望為先，功勞和資歷為次。如果本末倒置，就會引發人們的非議。現在皇帝登泰山封禪，廣施恩澤，這是千載難逢的盛事，但清流高品之士卻未能沐浴到這份特殊的恩澤，而那些低級的官吏卻先加官進爵，只怕制令一出，會讓天下人感到失望。現在草案還未定稿，事情還可以更改。」張說回答說：「事情已經決定了。那些無足輕重的議論，不值得擔憂了。」果然，張說後來遭到了宇文融的彈劾。

十八、明皇封禪泰山，張說為封禪使。說女婿鄭鎰，本九品官，舊例封禪後，自三公以下皆遷轉一級，惟鄭鎰因說驟遷五品，兼賜緋服。因大脯次，玄宗見鎰官位騰躍，怪而問之，鎰無詞以對。黃幡綽曰：「此乃泰山之力也。」（唐代段成式《酉陽雜俎》前集卷十二。）

【譯文】唐玄宗前往泰山舉行封禪大典時，張說被任命為封禪使。張說的女婿鄭鎰，原本只是個九品小官，但按照舊例，封禪之後，從三公以下的所有官員都可以晉升一級。然而，唯獨鄭鎰因為張說的關係，驟然晉升五級，並且還賜給緋服。在一次大型宴會上，唐玄宗看到鄭鎰的官職升遷得如此迅速，感到奇怪並詢問原因，鄭鎰無言以對。這時，黃幡綽說：「這都是泰山的功勞啊！」

十九、上封太山回，車駕次上黨……及車駕過金橋，御路縈轉，上見數十里間，旌纛鮮潔，羽衞整肅。顧謂左右曰：「張說言：『勒兵三十萬，旌旗千里間。陝右上黨，至於太原。』見《后土碑》。眞才子也。」左右皆稱萬歲。（唐代鄭綮《開天傳信記》。）

【譯文】唐玄宗從泰山封禪返回，停留在上黨……當車駕經過金橋時，御道綿延曲折，唐玄宗看到數十里間，旌旗鮮明整潔，羽林衛士整齊嚴肅。他回頭對身邊的人說：「張說曾說：『統率三十萬大軍，旌旗綿延千里。從陝右上黨，一直到太原。』（這句話見於《后土碑》。）他真是個才子啊。」左右侍從都齊聲高呼萬歲。

二十、玄宗東封回，右丞相張說奏曰：「吐蕃醜逆，誠負萬誅，然國家久事征討，實亦勞心。今甘、涼、河、鄯徵發不息，已數十年於茲矣，雖有尅捷，亦有敗軍，此誠安危之時也。聞其悔過請和，惟陛下許其稽顙，以息邊境，則蒼生幸甚。」玄宗曰：「待與王君㚟籌之。」說出，謂源乾曜曰：「君㚟勇而無謀，好兵以求相。兩國和好，何以爲功？彼若入朝，則吾計不行矣。」竟如其言。說懼君㚟黷兵，終致傾覆。時雋州獲鬭羊，因上鬭羊表以諷焉。玄宗不納。至十五年九月，吐蕃果犯瓜州，殺刺史田元獻，並害君㚟，大殺掠男女，取軍貲倉糧而去。君㚟馳赴肅州以襲之，還至甘州鞏筆驛，爲吐蕃所擊，師徒大敗，君㚟死之，咸如說言。（唐代劉肅《大唐新語》卷七。）

【譯文】唐玄宗從泰山封禪返回後，右丞相

張説上奏説：「吐蕃人醜陋悖逆，確實罪該萬死，然而國家長久以來對他們進行征討，也確實耗費心力。如今甘、涼、河、鄯等地不斷徵兵徵糧，已經有幾十年了。雖然有時取得勝利，但也有戰敗的時候，這確實是關係到國家安危的時刻。聽説他們現在悔過請和，希望陛下能准許他們叩頭請罪，以平息邊境的戰亂，那麼百姓就太幸運了。」唐玄宗説：「等和王君㚟（字威明）商量一下。」張説退出之後，對源乾曜説：「王威明勇猛但無謀略，喜歡通過發動戰爭來謀求相位。如果兩國和好，他拿什麼來建立功勳呢？如果他入朝，那麼我的計畫就無法實施了。」結果正如張説所言。張説擔心王威明濫用武力，最終會導致國家傾覆。當時雋州捕獲了用於鬥羊的羊，張説因此上了一份鬥羊表來勸諫。但唐玄宗沒有採納。到了開元十五年九月，吐蕃果然侵犯瓜州，殺害了刺史田元獻，並殺害了王威明，大肆掠奪男女百姓，奪取軍資倉糧後離去。王威明奔赴肅州去襲擊吐蕃，返回甘州鞏筆驛時，被吐蕃軍隊襲擊，軍隊大敗，王威明戰死，一切都如張說所預言的那樣。

二十一、中書舍人張均知考，父左相張說知京官考，特注曰：「父教子忠，古之善訓。祁奚舉子，義不務私。至如潤色王言，章施帝載，道參墳典，例絕常功。恭聞前烈，尤難其任。豈以嫌疑，敢撓綱紀。考上下。」（宋代王溥《唐會要》卷八十一。）

【譯文】中書舍人張均負責考核事宜，他的父親、左相張說負責京官的考核。張說特別注明說：「父親教導兒子要忠誠，這是古代的美德和訓誡。祁奚推薦自己的兒子擔任官職，是因為他秉持大義而不徇私情。至於潤色君王的言辭，使其文章光耀帝業，其道理可與古代經典相媲美，這樣的功績遠非尋常可比。我深知先輩的卓越事蹟，深知這份職責的艱巨。豈能因為避嫌，就敢於擾亂法度綱紀呢？評定其等級為上或下。」

二十二、王灣，登先天進士第，開元初，爲滎陽主簿。……後爲洛陽尉。殷璠云：灣詞翰早著，爲天下所稱最者，不過一二。遊吴中，《江南意》云：「海日生殘夜，江春入舊年。」詩人以來，無聞此句。張公居相府，手題於政事堂，每示能文，令爲楷式。（宋代计有功《唐詩紀事》卷十五。）

【譯文】王灣，在先天年間考中進士，開元初年，擔任滎陽主簿。……後來他成為洛陽尉。殷璠評價說：王灣的文辭才華很早就顯露出來，被天下人稱贊為頂尖水準的，也不過是一兩個人而已。他遊歷吳中時，所作《江南意》中有詩句：「海日生殘夜，江春入舊年。」自詩人出現以來，沒有聽過如此精妙絕倫的句子。張説擔任宰相時，親手將這詩句題寫在政事堂上，每當他向人展示文章時，都會以這兩句詩作為典範。

二十三、張説既致仕，在家修養，乃乘閒往景山之陽，於先塋建立碑表。玄宗仍賜御書碑額以寵之。其文曰：「嗚呼！積善之墓。」與宣父延陵季子墓誌同體也。朝野以爲榮。及説薨，玄宗親製神道碑，其略曰：「長安中，公爲鳳閣舍人，屬麟臺監張易之誣搆大臣，作爲飛語。御史大夫魏元忠卽其醜正，必以中傷。天后致投杼之疑，中宗憂掘蠱之變。是時敕公爲證，啗以右職。一言剌回，四國交亂。公重爲義，死且不辭，庭辯無辜，中旨有忤，左右爲之惕息，而公以之抗詞。反元忠之塋魂，出太子於坑陷。人謂此舉義重於生。由是長流欽州，守正故也。」文多不盡載。（唐代劉肅《大唐新語》卷十一。）

【譯文】張說退休後，在家中修養，便趁著閒暇時間前往景山的南面，在家族的祖墳前樹立了碑表。唐玄宗還賜給他御書的碑額，以示恩寵。碑額上寫著：「嗚呼！積善之墓。」這與孔子（宣父）和延陵季子的墓誌銘風格相似。朝野上下都以此為榮。等到張說去世時，唐玄宗親自為他撰寫了神道碑文，碑文中大致寫道：「長安年間，張說擔任鳳閣舍人一職。當時，麟臺監張易之誣陷構害大臣，散播流言蜚語。御史大夫魏元忠挺身而出，揭露張易之的醜惡行徑，並因此遭到詆毀中傷。天后（武則天）因此產生了疑慮，唐中宗也擔憂會發生類似掘蠱的變故（喻指誣陷帝位繼承人）。在這種時候，朝廷命令張說作為證人，並許以高官厚祿。但張說堅守正義，一言驚醒眾人，使得四方局勢動盪不安。他看重道義，即使面臨死亡也毫不退縮，在朝廷上據理力爭，為魏元忠辯白無辜，儘管這違背了朝廷的旨意，讓身邊的人都為他感到擔憂害怕，但他仍然堅持直言不諱。他使魏元忠的冤魂得以昭雪，使太子從困境中解脫出來。人們都說，他的這一舉動比生命還要重要。因此，他被流放到了欽州，這是因為他堅守正義的緣故。」由於碑文內容較多，這裏只摘錄了部分。

二十四、張說獨排太平之黨，請太子監國，平定禍亂，迄爲宗臣，前後三秉大政，掌文學之任，凡三十年。爲文思精，老而益壯，尤工大手筆，善用所長，引文儒之士以佐王化。得僧一行贊明陰陽律曆，以敬授人時，封太山，祠脽上，舉闕禮，謁五陵，開集賢，置學士，功業恢博，無以加矣。尚然諾于君臣、朋友之際，大義甚篤。及薨，玄宗爲之罷元會。（唐代劉肅《大唐新語》卷一。）

【譯文】張說獨自排斥太平公主的黨羽，請求讓太子監國，平定了禍亂，最終成為國家的重臣。他前後三次執掌朝政大權，負責文學事務，總共歷時三十年。他寫文章構思精巧，老而益壯，尤其擅長撰寫大手筆的文章，善於運用自己的長處，並引進文儒之士來輔佐王道教化。他得到僧一行的輔佐而闡明陰陽曆法，恭敬地按照天時來指導人們的生產生活。他還參與了封禪泰山、祭祀脽水之上、舉行朝賀大典、拜謁五陵，開設集賢殿書院，設置學士，其功業宏大廣博，無人能比。他在君臣、朋友之間信守承諾，堅守大義，非常忠誠。等到他去世時，唐玄宗為了悼念他，停止元旦的朝賀大會。

二十五、張燕公說，有宰輔之才，而多詭詐，復貪財賄。時人亦多之，亦汙之。每中書議事，及衆僚巡廳，或有所忤，立便叱罵，爲衆所嫌。故朝彥相謂曰：「張公之言，毒於極刑。」言好面辱人也。（五代王仁裕《開元天寶遺事》卷下。）

【譯文】燕國公張說，具備宰輔之才，但為人多詭詐，又貪財受賄。當時的人們對他既多有讚譽，也多有詬病。每當在中書省議事，或者與眾多官員一起巡視廳堂時，如果有人與他意見相左，他便會立即大聲呵斥責罵，因此被眾人嫌棄。所以，朝中的賢達之士相互告誡說：「張公的話，比極刑還要毒辣。」這是說張說喜歡當面侮辱他人。

二十六、玄宗朝宰相盧懷慎無疾暴終，夫人崔氏止兒女，不令號哭，曰：「公命未盡，我得知之。」語曰：「公清儉而廉潔，蹇進而謙退，四方賂遺，毫髮不留。與張燕公同時爲相，張納貨山積，其人尚在。奢儉之報，豈虛也哉?」及宵分，公復生。左右以夫人之言啓陳，公曰:「理固不同。冥司有三十爐，日夕鼓橐，爲說鑄橫財，我無一焉，惡可匹哉?」言訖復絶。（唐代李亢《獨異志》卷上。）

【譯文】唐玄宗時期，宰相盧懷慎在沒有生病的情況下突然去世。他的妻子崔氏只允許兒女們靜默，不允許他們大聲號哭，她說：「你父親的壽命未盡，我能感覺到。」她又說：「你父親為人清廉節儉，為官謙遜退讓，來自各方的賄賂和餽贈，一絲一毫都不收受。他與張燕公同時擔任宰相，張燕公收受的財物堆積如山，而他現在還活在世上。奢侈與節儉的報應，難道會是虛假的嗎？」到了半夜時分，盧懷慎竟然復活了。身邊的人將他妻子的話告訴了他，盧懷慎說：「道理本就不同。冥界有三十個熔爐，日夜不停地鼓風鑄造橫財，那是為張說鑄造的，而我一點也不沾染，我們怎能相提並論呢？」說完這句話後，他又斷了氣。

二十七、張說于元宵召諸姬共宴，苦于無月，夫人以雞林夜明簾懸之，炳于白日。夜半月出，惟說宅無光，簾奪之也。（《採蘭雜志》。）

【譯文】張說在元宵節召集了眾多姬妾一同宴飲，但遺憾的是那天晚上沒有月亮。張說的夫人便拿出了一副雞林國夜明簾懸掛起來，使得室內明亮如同白晝。到了半夜時分，月亮出來了，唯獨張說的宅邸裏沒有月光，原來是被那夜明簾的光芒所遮蔽了。

二十八、張燕公有石綠鏡臺，得自明川道士。玄宗聞其有異，取以精炭十車燒之，不變，乃已。（唐代馮贄《雲仙雜記》卷六。）

【譯文】燕國公張説擁有一座名為石綠鏡臺，是他從明川道士那裏得到的。唐玄宗聽聞這座鏡臺有奇異之處，便命人取了十車精炭來焚燒它，但鏡臺卻絲毫未變，於是唐玄宗才作罷。

二十九、張燕公好求山東婚姻，當時皆惡之。及後與張氏爲親者，乃爲甲門。（唐代李肇《國史補》卷上。）

【譯文】燕國公張説喜歡與崤山以東的人家結親，這在當時被很多人所厭惡。等到後來與張説家族結親的人家，反而成為了顯赫的門第。

三十、張文貞公第某女嫁盧氏，嘗爲舅盧公求官，候公朝下而問焉，公不語，但指搘牀龜而示之。女拜而歸室，告其夫曰：「舅得詹事矣。」（《大唐傳載》。）

【譯文】文貞公張説家中的某個女兒張氏嫁給了盧氏，張氏為她的舅舅盧公向張文貞公求官，便在張文貞公下朝後向他詢問此事。張文貞公沒有回答，只是指了指支在床上的龜甲來示意。張氏行禮拜別後回到房間，告訴她的丈夫説：「舅舅會得到詹事的官職了。」

三十一、鄭□□云：「張燕公文逸而學奥；蘇許公文似古，學少簡而密。張有《河朔刺史冉府君碑》，序金城郡君云：『蕣華前落，藁瘞城隅。天使馬悲，啓滕公之室；人看鶴舞，閉王母之墳。』亦其比也。」公又云：「張巧于才，近世罕比。《端午三殿侍宴詩》云：『甘露垂天酒，芝盤捧御書。含丹同蝘蜓，灰骨慕蟾蜍。』上親解紫拂菻帶以賜焉……」（宋代王讜《唐語林》卷二。）

【譯文】鄭某某（一說劉禹錫）說：「張燕公的文章飄逸而學問深奧；蘇許公（蘇頲）的文章風格古樸，但學問上稍顯簡略而嚴密。張燕公有《河朔刺史冉府君碑》，在為金城郡君寫的序文中寫道：『蕣華前落，藁瘞城隅。天使馬悲，啓滕公之室；人看鶴舞，閉王母之墳。』這也是他文章中的佳作之一。」鄭某某又說：「張燕公在才華上非常巧妙，近代以來很少有人能比得上他。他寫的《端午三殿侍宴詩》：『甘露垂天酒，芝盤捧御書。含丹同蝘蜓，灰骨慕蟾蜍。』皇上親自解下紫色的拂菻帶賞賜給他……」

三十二、李泌字長源，趙郡中山人也。……玄宗方與張說觀棋，中人抱泌至。俶與劉晏，偕在帝側。及玄宗見泌，謂說曰：「後來者與前兒絶殊，儀狀眞國器也。」說曰：「誠然。」遂命說試爲詩，卽令詠方圓動靜。泌曰：「願聞其狀。」說應曰：「方如棋局，圓如棋子，動如棋生，靜如棋死。」說以其幼，仍教之曰：「但可以意虛作，不得更實道棋字。」泌曰：「隨意卽甚易耳。」玄宗笑曰：「精神全大於身。」泌乃言曰：「方如行義，圓如用智，動如逞才，靜如遂意。」說因賀曰：「聖代嘉瑞也。」

玄宗大悅，抱於懷，撫其頭，命果餌啗之。遂送忠王院，兩月方歸，仍賜衣物及綵數十，且諭其家曰：「年小，恐於兒有損，未能與官，當善視之，乃國器也。」由是張說邀至其宅，令其子均、垍相與若師友，情義甚狎。張九齡、賀知章、張庭珪、韋虛心，一見皆傾心愛重。賀知章嘗曰：「此稺子目如秋水，必當拜卿相。」張說曰：「昨者上欲官之，某言未可，蓋惜之，待其成器耳。」（唐代李繁《鄴侯外傳》。）

【譯文】李泌字長源，是趙郡中山人。……當時，唐玄宗正與張說一起觀看棋局，宮中宦官抱著年幼的李泌來到他們面前。同時，員俶和劉晏也陪在皇帝身邊。當唐玄宗看到李泌時，對張說說道：「這個後來的孩子與前面的孩子截然不同，他的儀態風度真是國家的棟樑之才啊。」張說回答道：「確實如此。」於是，唐玄宗命令張說考考李泌作詩的能力，並讓他以方、圓、動、靜為題即興創作。李泌問道：「希望能聽聽這些事物的具體描述。」張說隨即回應道：「方就像棋局，圓就像棋子，動就像棋局的活子，靜就像棋局的死子。」張說考慮到李泌年幼，又教導他說：「你可以根據自己的想像來創作，不要直接提到棋這個字。」李泌回答道：「如果隨意發揮的話，那就非常容易了。」唐玄宗笑著說：「他的精神氣質完全超越了他的年齡。」李泌於是開口吟道：「方如行義，圓如用智，動如逞才，靜如遂意。」張説聽後立刻向唐玄宗祝賀道：「這是聖明時代出現的吉祥之兆啊。」

唐玄宗非常高興，將李泌抱在懷裏，撫摸著他的頭，還命令侍從拿來果品糕點給他吃。之後，唐玄宗將李泌送到了忠王院中，兩個月後才讓他回家，並賞賜給他衣物和彩綢數十件。同時，唐玄宗還告誡李泌的家人説：「他年紀還小，恐怕做官會損害他的身體，所以不能現在就給他官職。你們要好好對待他，因為他將來必定是國家的重要人才。」從此以後，張説邀請李泌到自己的家中，讓自己的兒子張均和張垍與他交往，就像對待老師和朋友一樣，彼此之間的情誼非常深厚。張九齡、賀知章、張庭珪、韋虛心等人，一見到李泌都非常喜愛並器重他。賀知章曾經説道：「這個孩子目光如秋水般清澈明亮，將來一定會官至卿相。」張說也說道：「之前皇上想要給他官職，但我說還不行，這是因為我很愛惜他，想等到他成熟成才後再給他官職。」

三十三、玄宗令張燕公撰華嶽碑，首四句或云一行禪師所作。或云碑之文鑿破，亂取之曰：「巉巉太華，柱天直上。青崖白谷，仰見仙掌。」（唐代李肇《國史補》卷上。）

【譯文】唐玄宗曾下令讓燕國公張說撰寫關於華山的碑文。碑文開頭的四句，有說法認為是一行禪師所作。但也有說法認為這四句是從碑文被鑿破後，散落的部分中隨意挑選出來的，這四句是：「巉巉太華，柱天直上。青崖白谷，仰見仙掌。」

三十四、玄宗時，有五色鸚鵡能言，上令左右試牽帝衣，鳥輒瞋目叱咤。岐府文學能延京獻《鸚鵡篇》以贊其事，張燕公有表賀，稱爲「時樂鳥」。（唐代段成式《酉陽雜俎》前集卷十六。）

【譯文】唐玄宗時，有一只五色鸚鵡會説話，唐玄宗命令身邊的人試著去拉扯他的衣服，鸚鵡瞪大眼睛大聲呵斥。岐王府文學能延京（或作熊延京）獻上《鸚鵡篇》來讚美這件事。燕國公張説上表祝賀，稱這只鸚鵡為「時樂鳥」。

三十五、張説攜麗正文章謁友生，時正行宮中媚香號化樓臺，友生焚以待説，説出文置香上，曰：「吾文享是香無忝。」（唐代馮贄《雲仙雜記》卷三。）

【譯文】張説帶著麗正殿書院（又稱集賢殿書院）文章去拜訪朋友，當時宮裏正流行一種稱為化樓臺的「媚香」。朋友特意點燃這種香料來迎接張説，張説拿出文章放在燃燒的媚香之上，説道：「我的文章能無愧於享受這樣的香氣。」

三十六、蜀小將韋少卿，韋表微堂兄也。少不喜書，嗜好劄青。其季父嘗令解衣視之，胸上刺一樹，樹杪集鳥數十。其下懸鏡，鏡鼻繫索，有人止於側牽之。叔不解問焉，少卿笑曰：「叔不曾讀張燕公詩否?『挽鏡寒鴉集』耳。」（唐代段成式《酉陽雜俎》前集卷八。）

【譯文】蜀地小將韋少卿，是韋表微的堂兄。韋少卿從小就不喜歡讀書，對紋身情有獨鍾。有一次，他的叔父讓他脱下衣服查看，發現他的胸口上紋著一棵樹，樹梢上聚集著幾十只鳥。在樹的下方懸掛著一面鏡子，鏡子的鼻鈕上系著一根繩子，旁邊有一個人正在拉著繩子。叔父看不懂便詢問韋少卿，韋少卿笑著説：「叔父您難道沒有讀過張燕公的詩嗎？這紋身就是『挽鏡寒鴉集』的意思啊。」（原詩為「晚景寒鴉集」。一說為其子張均所作。）

三十七、開元中，張說爲宰相。有人惠說一珠，紺色有光，名曰記事珠。或有闕忘之事，則以手持弄此珠，便覺心神開悟，事無巨細，渙然明曉，一無所忘。說祕而至寶也。（五代王仁裕《開元天寶遺事》卷上。）

【譯文】唐玄宗開元年間，張說擔任宰相。有人送給張說一顆珠子，深青色發光，名為「記事珠」。每當張說有遺忘的事情時，就會用手拿著這顆珠子玩弄，這時他就會覺得心神豁然開朗，無論事情大小，都會變得清晰明瞭，再也沒有什麼遺忘的了。張說把這顆珠子視為極為珍貴的寶物，對其緘口不言。

三十八、玄宗謂張說曰：「兒子等欲學綴文，須檢事及看文體。《御覽》之輩，部帙既大，尋討稍難。卿與諸學士撰集要事並要文，以類相從，務取省便。令兒子等易見成就也。」說與徐堅、韋述等編此進上，詔以《初學記》爲名。賜修撰學士束帛有差。其書行於代。（唐代劉肅《大唐新語》卷九。）

【譯文】唐玄宗對張說說道：「我的兒子們想要學習寫作文章，需要查閱事例以及學習文章的體裁。《御覽》之類的書籍，浩如煙海，查找起來頗為困難。愛卿與各位學士一起編纂一些重要的事例和精彩的文章，按照類別進行編排，力求簡潔方便，讓我的兒子們能夠更容易地學會寫作。」於是，張說與徐堅、韋述等人共同編纂了這樣一部書進獻給皇上，唐玄宗下詔將其命名為《初學記》。並賜給參與編纂的學士們不等數量的絹帛作為獎賞。這部書在後世廣為流傳。

三十九、張說、徐堅同爲集賢學士十餘年，好尚頗同，情契相得。時諸學士凋落者衆，唯說、堅二人存焉。說手疏諸人名，與堅同觀之。堅謂說曰：「諸公昔年皆擅一時之美，敢問孰爲先後?」說曰：「李嶠、崔融、薛稷、宋之問，皆如良金美玉，無施不可。富嘉謩之文，如孤峯絶岸，壁立萬仞，叢雲鬱興，震雷俱發，誠可畏乎！若施於廊廟，則爲駭矣。閻朝隱之文，則如麗色靚妝，衣之綺繡，燕歌趙舞，觀者忘憂。然類之《風》《雅》，則爲俳矣。」堅又曰：「今之後進，文詞孰賢?」說曰：「韓休之文，有如太羹玄酒，雖雅有典則，而薄於滋味。許景先之文，有如豐肌膩體，雖穠華可愛，而乏風骨。張九齡之文，有如輕縑素練，雖濟時適用，而窘於邊幅。王翰之文，有如瓊林玉斝，雖爛然可珍，而多有玷缺。若能箴其所闕，濟其所長，亦一時之秀也。」（唐代劉肅《大唐新語》卷八。）

【譯文】張說與徐堅同為集賢殿學士十多年，兩人的興趣愛好頗為相似，情投意合。當時，眾多學士中有很多人已經去世，只剩下張說和徐堅兩人還在世。張說親手寫下那些已故學士的名字，與徐堅一同觀看。徐堅對張說問道：「各位前輩當年都各自擅長一時之美，請問在他們之中，誰優誰劣呢？」張說回答說：「李嶠、崔融、薛稷、宋之問的文章，都如同良金美玉一般，無論用在何處都適宜。富嘉謩的文章，則如同孤峯絕岸，峭壁萬仞，叢雲鬱興，震雷俱發，確實令人敬畏！但如果將其用於朝廷廟堂之上，就顯得過於驚駭了。閻朝隱的文章，則如同美女盛裝，身著綺繡，燕歌趙舞，讓觀者忘卻憂愁。然而，將其與《詩經》中的《風》《雅》相比，就顯得有些俚俗了。」徐堅又問道：「那麼現在的後進之士中，誰的文辭最為出眾呢？」張說回答說：「韓休的文章，有如太羹玄酒，雖然典雅有法度，但缺乏滋味。許景先的文章，有如豐肌膩體，雖然濃豔可愛，但缺乏風骨。張九齡的文章，有如輕縑素練，雖然能濟世適用，但受篇幅所限。王翰的文章，有如瓊林玉斝，雖然燦爛可珍，但多有瑕疵。如果他們能夠彌補自己的不足，發揮自己的長處，也定能成為一時之秀。」

四十、巾子制，頂皆方平；仗內卽頭小而圓銳，謂之『內樣』。開元中，燕公張說當朝文伯，冠服以儒者自處。玄宗嫌其異己，賜內樣巾子，長脚羅幞頭。燕公服之入謝，玄宗大悅。因此令內外官僚百姓並依此服。自後巾子雖時有高下，幞頭羅有厚薄，大體不變焉。（唐代封演《封氏聞見記》卷五。）

【譯文】巾子的制式，頂部都是方平的；皇宮禁衛中使用的巾子則是頭部小而圓銳，被稱為

「內樣」。開元年間，燕國公張說是當朝的文壇領袖，他始終保持著儒者的風範和穿戴。唐玄宗因為張說與自己意見不合而有所不滿，於是賜給他內樣巾子、長腳羅襆頭。張說穿戴這些去謝恩，唐玄宗見狀大為高興。因此，唐玄宗下令，無論是朝廷內外的官員還是百姓，都要依照這種樣式穿戴。從此以後，雖然巾子的高度和羅襆頭的厚薄有時會有所不同，但大體上的樣式並沒有改變。

四十一、三拜中書：燕國張說。按中書故事本云：說三拜此命，終始無玷，自古未有。（唐代李翱《卓異記》。）

【譯文】三拜中書：燕國公張說。據中書省的舊例記載說：張說三次接受這一任命，從始至終都沒有任何污點，這在自古以來都是前所未有的。

四十二、三代自中書舍人拜侍郎：燕公張說自中書舍人拜工部侍郎、子均自中書舍人拜禮部侍郎、孫濛自中書舍人拜禮部侍郎。按張公三代自中書舍人拜侍郎，奕世無比，時號爲佳美者耳。（唐代李翱《卓異記》。）

【譯文】三代自中書舍人拜侍郎：燕國公張說（從中書舍人任工部侍郎）、兒子張均（從中書舍人任禮部侍郎）、孫子張濛（從中書舍人任禮部侍郎）。按張公三代自中書舍人任侍郎，歷朝歷代都是無比罕見的，當時的人們都稱讚這是非常美好的事情。

四十三、有僧泓師善陰陽算術，……與張燕公說置買永樂東南第一宅。有求土者，戒之曰：「此宅西北隅最是王地，愼勿於此取土。」越月，泓又至，謂燕公：

「此宅氣候忽然索漠甚，必恐有取土於西北隅者。」公與泓偕行，至宅西北隅，果有取土處三數坑，皆深丈餘。泓大驚曰：「禍事，令公富貴止於一身而已，更二十年外，諸郎君皆不得天年。」燕公大駭曰：「塡之可乎?」泓曰：「客土無氣，與地脈不相連，今總塡之，亦猶人有瘡痏，縱以他肉補之，終無益。」燕公子均，垍皆爲祿山委任，授賊大官，克復後，三司定罪。肅宗時以減死論，太上皇召肅宗謂曰：「張均弟兄皆與逆賊作權要官，就中張垍更與賊毀阿奴家事，犬彘之不若也，其罪無赦。」肅宗下殿叩頭再拜曰：「臣比在東宮，被人誣譖，三度合死，皆張說保護，得全首領，以至今日。張說兩男一度合死，臣不能力爭，脫死者有知。臣將何面目見張說於地下。」嗚咽俯伏。太上皇命左右曰：「扶皇帝起。」乃曰：「與阿奴處置。張垍宜長流遠惡處，竟終於嶺表。張均宜棄市，更不要苦救這箇也。」肅宗掩泣奉詔，故均遇害。皆如其言。（宋代《太平廣記》卷七十七。）

【譯文】有位名叫泓師的僧人擅長陰陽算術，……他勸說燕國公張說購置了長安永樂坊東南的第一座宅邸。當有人想要挖土時，泓師告誡張說說：「這座宅邸的西北角是最尊貴的王地，千萬不要在這裏挖土。」過了一個月，泓師再次來到張家，對張說：「這座宅邸的氣場突然變得非常沉寂，我擔心有人在西北角挖了土。」張說與泓師一同前往宅邸的西北角，果然發現了幾個深達一丈多的土坑。泓師大驚道：「這是禍事啊，您的富貴只能延續到您自己這一代了，再過二十年，您的兒子們恐怕都無法善終。」張說非常害怕，問道：「填上可以嗎？」泓師說：「外來的土沒有生氣，與地脈不相連，即使現在全部填上，也就像人有傷口，縱然用其他肉來填補，終究是無益的。」張說的兒子張均、張垍後來都被安祿山委任為要職，授予了叛軍的大官。

收復長安後，他們被三司定罪。唐肅宗時期，他們被判處減免死刑。太上皇（唐玄宗）召見唐肅宗，對他說：「張均兄弟倆都擔任了逆賊的重要官職，其中張垍更是與叛賊一起詆毀我的家事，他們連豬狗都不如，其罪行不可赦免。」唐肅宗走下殿來，磕頭再拜說：「臣在東宮時，被人誣陷，三次都應該處死，都是張說保護我，才得以保全性命，直到今天。張說的兩個兒子也曾一度面臨死刑，臣當時沒有能力為他們爭辯。如果張說泉下有知，知道這件事。臣將來有何面目去見張說呢？」說著哭泣著趴在地上。太上皇命令左右的人說：「扶起皇帝。」然後說：「就按照你的意思處理吧。張垍應該被長期流放到偏遠惡劣的地方，最遠直達嶺南。張均應該被處斬，不要再為這個人苦苦求情了。」唐肅宗哭著接受了詔令，所以張均遭遇了不幸。這一切都如泓師所說的一樣。（編者注：案《通鑑考異》：按肅宗為李林甫所危時，說已死，乃得均、垍之力。均、垍以說遺言盡心於肅宗耳。）

附錄四：故開府儀同三司行尚書左丞相燕國公贈太師張公墓志銘并序

唐代・張九齡

大唐有天下一百十三年，開元十有八載，龍集庚午，冬十二月戊申，開府儀同三司行尚書左丞相燕國公薨於位，享年六十四。嗚呼哀哉！皇帝悼焉，素服舉哀，廢朝三日，乃下制贈太師，蓋師傅之舊恩，禮有加也。詔葬先遠，喪事有日，又特賜御詞，表章琬炎。公義有忘身之勇，忠爲社稷之衛，文武可憲之政，公侯作扞之勳，皆已昭昭於天下，雖與日月爭光可矣。

公諱說，字道濟，范陽方城人。晉司空壯武公之裔孫，周通道館學士諱弋府君之曾孫，慶州都督諱恪府君之孫，贈丹州刺史刑部尚書諱騭府君之季子：自上世積慶，及公而祥發。神明所府，道德爲樞，生以寧濟，幼而休祥，鷹揚虎視，英偉磊落，越在諸生之中，已有絕雲霓之望矣。初天後稱制，舉郡國賢良，公時大知名，拔乎其萃者也。起家太子校書，迄於左丞相，官政四十有一，而人臣之位極矣。尚書國之理本，公悉更之；中書朝之樞密，公亟掌之。休聲與偕，升降數四，守正而見逐者一，遇坎而左遷者二，其餘總戎於外，爲國作藩，所平除者，惟幽幷秉節鉞而已。至若三登左右丞相，三作中書令，唐興已來，朝佐莫比。蓋聖賢之運有會，師臣之道欲行，人雖求多，我每餘地，馨香之發，敷聞自久。宜其翊戴聖后，師範百寮，功烈過於如神，德聲出於咸一：此固與版築崛起，屠釣作合之類，亦云異也。

公志玄遠，而性高亮，未嘗自異，會節乃有立，何所不可？體道以爲宗，既定國於一言，亦保身之大雅。其於經理代務，雜以軍國，決事如流，應物如響，紛綸輻輳，其猶指掌。及夫先聖微旨，稽古未傳，缺文必補，墜禮咸甄，與經籍爲筌簣，於朝廷爲粉澤，固不可詳而載也。始公之從事，實以懿文，而風雅陵夷，已數百年矣。時多吏議，擯落文人，庸引雕蟲，沮我勝氣，丘明有恥，子雲不爲，乃未知宗匠所作，王霸所在。及公大用，激昂後來，天將以公爲木鐸矣，斯文豈喪？而今也則亡。嗚呼！克生以輔時，而臣道不究；致用以利物，而人將安仰？上撫床以念往，下輟相而哀至，復見之於公焉。太常議行，謚曰文貞。二十年秋八月甲申，遷窆於萬安山之陽，燕國夫人元氏祔焉。夫人故尚書右丞相武陵公懷愼之女也，動爲柔範，皆可師訓。及公之貴，連姻帝室，雖處榮盛，若非在已，內執謙下，外睦親疏，古之賢明，未始兼有。開元十九年三月壬戌，薨於東都康俗里第，享年六十四。長子均，中書舍人；次曰垍，駙馬都尉衛尉卿；季曰埱，符寶郎：泣血在疚，皆我之有後也。嗚呼！玄堂永閟，何事春秋，幽篆斯在，亦云不朽而已。銘曰：

天有密命，滋液百寶。時無大賢，誰與明道？我公允叶，我德孔昭。翰飛戾天，羽儀清朝。功遂身謝，名由實美。言而有立，古無不死。南山之下，詔葬於茲。後之與歸，惟我太師。（《全唐文》卷二百九十二。）

附錄五：錢本草石碣出土

清代・宋犖

順治朝平涼府修城，掘地得石碣。一刻唐張說《錢本草》，樊厚書，書類《聖教序》。（《筠廊偶筆》卷上。）（原無標題，為編者所加。）

附錄六：唐錢本草跋語

清代・趙紹祖

昔沈補蘿先生諱鳳。署涇令，與先祖雲翔公、先叔祖季重公相善也，嘗以其所翻摹《定武蘭亭》及《錢本草》見贈，故余得而藏之。然先生雖精于鈎勒，而刻手未精，筆法小弱，竊疑其僞。後謁袁太史簡齋于隨園，適于案頭見之，卽補蘿所翻之原本也。墨光如鑑，精神完足，眞數百年前物。後有汪退谷諸人跋，最後補蘿自跋，以爲碑自順治間出土，見《筠廊偶筆》，此係未入土時所搨也。然余訪之故家所藏，實未見有第二本，亦未見有出土後新搨本。其前題云「唐燕公張說文，樊厚書」，則樊厚自非唐人，當是宋元間人，書燕公之所作耳。《錢本草》之文，不見于他書，故附存之。（《古墨齋金石跋》卷六。）（原無標題，為編者所加。）